Sieglinde Fehr Bd. 3

McLeods Töchter

Gefahr für Drover's Run

McLEODS TÖCHTER

Gefahr für Drover's Run

Roman von Thea Silva

vgs
EGMONT

Bibliografische Information Der Deutschen Bibliothek
Die Deutsche Bibliothek verzeichnet diese Publikation in der
Deutschen Nationalbibliografie;
detaillierte bibliografische Daten sind im Internet über
http://dnb.ddb.de abrufbar.

Der Roman „McLeods Töchter - Gefahr für Drover's Run“ von Thea Silva entstand auf Basis der gleichnamigen Fernsehserie von Posie Graeme-Evans und Caroline Stanton und beruht auf Episoden verfasst von Giula Sandler, Michaeley O'Brien, Cathy Strickland, Marieke Hardy, Alex Wyatt und Louise Crane. Eine Produktion von Nine Network, South Australian Film Corporation und von Millenium Television, ausgestrahlt bei VOX.

Redaktion: Jutta Wallrafen
Lektorat: Christine Weidenweber
Produktion: Susanne Beeh
Senderlogo: © VOX 2006
Titelfoto: © 2001 Nine Films and Television Pty Limited, Millenium Television Pty Limited and The South Australian Film Corporation.
Satz: Achim Münster, Köln
Printed in Germany
ISBN 3-8025-3542-1
Ab 01.01.2007:
ISBN 978-3-8025-3542-0

www.vgs.de

1. Kapitel

Nachdem es den gestrigen Tag über nur geregnet hatte, begann auch der nächste Morgen verhangen und grau. Das Wasser stand in großen Pfützen auf dem Boden und verstärkte den tristen Eindruck, den die Farm der Tilsons an diesem Vormittag machte.

Mit recht gemischten Gefühlen ging Claire McLeod über den Hof und betrachtete die Gegenstände, die Bill Tilson hinausgestellt hatte, um sie zu verkaufen. Alte Fahrräder und landwirtschaftliche Werkzeuge, wackelige Tische, ein heruntergekommenes Sofa, eine Stehlampe und allerlei Hausrat. Dazu ein paar Bilder – einfache Drucke in Rahmen, deren Farbe hier und da bereits abblätterte. Als Claire eins der Bilder in die Hand nahm, trat Bill zu ihr.

»Gefällt es dir?«, wollte er wissen.

Claire kannte Bill von Kindheit an. Sie waren auf den benachbarten Farmen ihrer Väter groß geworden, waren zusammen zur Schule gegangen. Und ebenso wie Claire, die seit dem Tod ihres Vaters Jack McLeod vor noch nicht einmal einem halben Jahr den Familienbesitz weiterführte

– mittlerweile zusammen mit ihrer Halbschwester Tess –, hatte auch Bill versucht, die Wilgul-Farm der Tilsons nach dem Tod seiner Eltern weiter zu bewirtschaften. Zwar war die finanzielle Situation der beiden McLeod-Schwestern nicht gerade rosig. Dennoch waren sie bisher erfolgreicher als Bill gewesen, der die Farm nun verkaufen musste.

Claire legte das Bild beiseite. »Tut mir Leid. Ich kann es nicht gebrauchen«, sagte sie.

Bill sah sie aufmerksam an und glaubte den Grund für ihre Ablehnung zu kennen. »Du bist mir immer noch böse«, stellte er fest.

Claire schob ihren Farmerhut ein wenig in den Nacken, so dass ihr eine Strähne der dunklen Haare noch etwas weiter ins Gesicht fiel.

»Nein, Bill, ich bin dir nicht mehr böse. Aber ich …« Sie zuckte die Schultern und bemühte sich zu lächeln. »Ich kann sie einfach nicht gebrauchen.«

Claire war tatsächlich vor nicht allzu langer Zeit ziemlich wütend auf Bill Tilson gewesen. Er hatte Teile ihres Weidelands gepachtet und seine an Leptospirose erkrankten Tiere dort weiden lassen. Es schien so, als wollte er dadurch den Verdacht von sich ablenken, davon nämlich, dass die meldepflichtige Krankheit womöglich auf der Tilson-Farm entstanden sei. Bald wurde jedoch klar, dass Bill die Leptospirose selbst zunächst gar nicht bemerkt hatte und er darüber hinaus nicht mehr in der Lage war, die Kosten für eine Impfung seiner Tiere aufzubringen. Claires Zorn war deshalb längst verflogen und einer großen Erschütterung über Bills Situation gewichen.

Sie ließ ihren Blick über das merkwürdige Sammelsurium gleiten und entdeckte inmitten der zumeist heruntergekommenen Gegenstände zwei Sättel, die aus den besseren Zeiten der Farm stammen mussten. »Die sind noch gut erhalten«, bemerkte Claire und deutete auf die Sättel.

»Du kannst sie haben«, antwortete Bill sofort, und obwohl Claire den Kopf schüttelte und gerade etwas sagen wollte, fuhr er schon fort: »Was ich jetzt nicht verkaufe, kommt auf die Auktion.«

»Bill«, sagte Claire jetzt leise und eindringlich. »Willst du es dir nicht noch einmal überlegen?«

»Es gibt nichts mehr zu überlegen. Ich hätte die Farm schon längst verkaufen sollen.« Während er sprach, sah er über das einstmals große Anwesen seiner Eltern, das heute nur noch aus einem heruntergekommenen Haus, baufälligen Ställen und rostigen Wellblechschuppen bestand. »Ich habe einen sicheren Job in Adelaide, in der Eisenwarenhandlung meines Bruders. Und die erste Miete für ein Haus in Strandnähe ist bezahlt. Janelle und die Kinder sind bereits dort. Was will man mehr? Nach dem nächsten Wochenende bin ich weg.«

Bills Worte klangen stolz, aber das Leuchten, das jetzt eigentlich in seinen Augen erscheinen müsste, konnte

Claire nicht entdecken. »Und wenn es dir in Adelaide nicht gefällt?« Sie konnte ihre Bedenken einfach nicht verbergen.

Bill schien sie gar nicht mehr zu hören. »Also, Claire«, sagte er stattdessen. »Was ist jetzt mit den Sätteln?«

Claire atmete tief durch. »Ich sehe mich noch mal um«, sagte sie dann, wandte sich ab und ging.

Das Gewimmel, das an diesem Vormittag auf der Tilson-Farm herrschte, war kaum zu überblicken. Aus der ganzen Umgebung waren die Leute herbeigekommen, um etwas zu kaufen. In Gegenden wie dieser, vierhundert Kilometer von Melbourne und hundertachtzig Kilometer von Adelaide entfernt, mit Orten wie Gungellan, wo der Pub, ein Truck-Stop, ein Supermarkt und eine Eisenwarenhandlung die einzige Einkaufmöglichkeit darstellten, gab es neben Katalogen oder dem Internet keine Gelegenheiten, sein Geld loszuwerden. Entsprechend gern wurden solche privaten Flohmärkte von der Bevölkerung angenommen.

Tess, Claires jüngere Halbschwester, hatte im Wohnhaus nach Brauchbarem gestöbert und trat nun mit einem riesigen Karton unter dem Arm nach draußen. Als sie Claire von weitem sah, stützte sie ihn auf einer Hüfte ab und holte mit der nun freien Hand eine pinkfarbene, über und über mit Plastikknöpfen besetzte Tasche heraus.

»Sieh mal!«, rief sie ihrer Schwester zu und schwenkte

das Täschchen in der Hand. »Von Bills Töchtern. Der reinste Kitsch – toll, nicht wahr?«

Dass Claire und Tess das wohl ungleichste Schwesternpaar der ganzen Gegend darstellten, wussten mittlerweile die meisten Leute. Dennoch war Claire immer wieder darüber erstaunt, für welche unnützen Dinge sich Tess begeistern konnte.

Ein wenig abseits, bei Bills altem Wagen und den Landmaschinen, entdeckte Claire nun auch die Ryan-Brüder, Alex und Nick. Sie hatte nicht damit gerechnet, die beiden hier anzutreffen, denn Killarney, die Farm von Harry Ryan, verfügte über die modernste Ausstattung, die man sich vorstellen konnte. Dass sich hier, auf der abgewrackten Tilson-Farm, etwas fand, das für Killarney verwendbar war, konnte man kaum annehmen. Aber offenbar interessierte sich zumindest Alex für den alten Wagen von Bills Vater, der zwar in schlechtem Zustand war, aber auf dem besten Weg, ein ansehnlicher Oldtimer zu werden.

Claire wollte die Brüder begrüßen, doch während sie näher kam, hörte sie noch die letzten Worte eines Gesprächs, das Nick gerade mit Bill führte. »Ein gutes Angebot, wirklich. Ich werde es mir überlegen.« Die beiden gaben sich die Hand, und Bill verschwand eilends im Getümmel.

»Was ist ein gutes Angebot?«, wollte Claire von Nick wissen.

»Dad hat Bill ein Angebot für sein Land gemacht«, antwortete Nick und schien im selben Moment Claires Gedanken zu erraten.

Harry Ryan war ein wohlhabender Mann und sicher auch ein tüchtiger Farmer. Vor allem aber war er ein gewiefter Geschäftsmann. Und dass er Bill den Preis geboten hatte, den der Boden tatsächlich wert war – das konnte nur jemand annehmen, der Harry Ryan nicht kannte. »Aha. Er versucht wohl ein Schnäppchen zu machen«, sagte sie deshalb bitter und war von Nicks nun folgender Erklärung nicht gerade überzeugt. »Niemand zwingt ihn zu verkaufen. Es ist Bills freie Entscheidung.«

»Die freie Entscheidung eines Mannes, der dringend Geld braucht«, ergänzte Claire spöttisch. Sie sah über die Felder, die an den Hof angrenzten. In dieser Richtung lag Drover's Run. »Und das heißt dann also, dass die Ryans demnächst von beiden Seiten an meine Farm angrenzen?«

Nick lächelte sie an. »Wäre das denn so schlecht?«, fragte er mit einem merkwürdigen Unterton in der Stimme.

Claire stemmte die Hände in die Hüften und sah wieder über das weite grüne Land. »Für die Ryans wahrscheinlich nicht«, antwortete sie nachdenklich.

Tess hatte es genossen, mal wieder ein wenig unter Leuten zu sein, und allerlei lustiges Zeug zusammengekauft, das sie in ihrem Zimmer aufstellen wollte. Der

Flohmarkt auf Wilgul war auch für sie eine willkommene Abwechslung gewesen, die sie sich niemals hätte entgehen lassen.

Mittlerweile hatte sie sich hier auf dem Land oder »im Busch«, wie die Einheimischen ihre Gegend selbstironisch nannten, recht gut eingelebt. Dass man wichtige Lebensumstände und -situationen nicht ansprach – anderes hingegen geradezu brutal äußerte, war für Tess nichts Außergewöhnliches mehr. Trotzdem würde sie dieses Prinzip nie verstehen und hatte sich damit abgefunden, dass sie unter dieser Voraussetzung sicher noch in zahlreiche Fettnäpfchen treten würde.

Was man hier sagte und was man verschwieg, das war lange Zeit ein Geheimnis für Tess gewesen, doch mittlerweile konnte sie ganz gut mit diesen ungeschriebenen Gesetzen umgehen. Sie hatte sich auch daran gewöhnt, dass es auf Drover's Run weder Espresso noch Cappuccino gab, sondern nur Instant-Kaffee. Aber alles im Leben hat seine Zeit, sagte sich Tess, und irgendwann würde sie schon wieder in den Genuss dieser köstlichen Getränke kommen.

Was Tess seit ihrem Einzug auf Drover's Run jedoch wirklich zu schaffen machte, war der große Ernst, mit dem man hier zu leben schien. Nicht dass die Leute humorlos gewesen wären, aber alles, was sie taten, schienen sie für die Ewigkeit zu tun. Vielleicht war es das weite Land mit seinen oft so unvorhersehbaren Veränderungen, dachte sie manchmal, das die Menschen gelehrt hatte, ihre Arbeit gut und richtig zu tun – um nicht nach kürzester Zeit noch einmal von vorne damit anfangen zu müssen. Eine gewisse Verspieltheit war es, die Tess hier manchmal fehlte, und die sie durch ihre vielen Kleinigkeiten, die sie in ihrem Zimmer aufgestellt hatte – Mitbringsel von verschiedenen Reisen, Erinnerungsstücke aus ihrer Zeit in Melbourne oder einfach nur lustige Dinge wie die pinkfarbene Tasche von Bills Kindern –, zu ersetzen versuchte.

Tess stand gerade in ihrem Zimmer und betrachtete ihre Schätze noch einmal voller Freude. Hatte Claire eigentlich auch etwas gekauft?

Mit diesem Gedanken beschäftigt, legte Tess die Sachen zurück in die Kiste und ging hinunter, um Meg, Jodi und Becky, die ebenfalls auf der Farm lebten und arbeiteten, zu suchen. Das Haus schien ganz verlassen – wahrscheinlich waren die anderen Frauen ebenfalls damit beschäftigt, ihre auf dem Flohmarkt erstandenen Schätze unterzubringen. Aber wo war Claire? Tess überlegte einen Moment, dann zog sie ihren Ledermantel über und ging nach draußen.

Sie ahnte bereits, wo ihre Schwester zu finden sein würde, und lief die kleine Anhöhe neben der Farm hinauf. Tatsächlich stand Claire dort und blickte über das Land. Der Wind spielte mit ihren Haaren, und im Verhältnis zu der absoluten Stille, die sie umgab, schien sein Säuseln eher einem gewaltigen Rauschen zu gleichen.

»Hier hast du dich also versteckt«, sprach Tess ihre Schwester an.

Claire drehte sich noch nicht einmal zu ihr um. »Wenn es den Ryans wirklich gelingt, Bills Land zu kaufen, dann hat Harry uns eingekreist«, sagte sie.

Nur mit Mühe konnte Tess ein Lachen unterdrücken. »Oh, wirklich? So viele Leute um uns? Und so nah? Das wäre ja furchtbar. Sollten wir vielleicht besser die Zugbrücke hochziehen?«

Claire schüttelte unwillig den Kopf. »Du verstehst nicht, worum es geht«, stellte sie fest. »Es wird uns genauso ergehen wie Bill.«

»Was ist denn mit Bill?«, erwiderte Tess mit einem Schulterzucken. »Er scheint doch ganz froh zu sein, dass er von hier wegkommt.«

Bevor Claire eine Antwort gab, schweifte ihr Blick wieder über das Land, dessen saftig grüne Wiesen und Weiden sich mit sanftem Schwung über Höhen und Hügel zogen. »Ich weiß nicht, wie es für ihn ist«, begann sie. »Aber im Gegensatz zu anderen Leuten habe ich die Absicht, für immer auf Drover's Run zu bleiben.«

»Oh, daran habe ich keinen Zweifel«, warf Tess ein. Es hatte heiter klingen sollen, aber ein merkwürdiger Unterton hatte sich bei diesen Worten in ihre Stimme geschlichen.

Wieder sah Claire über das Land. »Hier. Ich will hier begraben werden«, sagte sie und ignorierte den erschreckten Blick ihrer Schwester.

»Hier«, wiederholte Claire ohne Bitterkeit und ohne Traurigkeit, stattdessen feierlich, entschieden und gelassen. »Hier, und nirgendwo anders.«

An einem der nächsten Vormittage stand Meg wie so oft in der Küche und rührte in einem großen Topf. Kopfschüttelnd dachte sie an die Zeit, als Jack McLeod unerwartet an einem Herzinfarkt gestorben war. Sie hatte geglaubt, die Zeit müsse stillstehen. Stattdessen waren nun wie in jedem Jahr die Tomaten wieder reif geworden, und ihr berühmtes Tomatenchutney versprach genauso gut zu werden wie immer. Jack hatte es geliebt - zu Recht, wie Meg fand; es war wirklich gut.

Meg nahm den Topf vom Herd, stellte ihn auf den Küchentisch und tauchte kurz den Löffel hinein, um zu probieren. Eigentlich war das gar nicht nötig, denn das Rezept konnte sie sogar im Schlaf aufsagen.

»Wonach riecht es denn hier?« Becky kam in die Küche gestapft, gefolgt von Jodi. Die beiden Mädchen waren nicht nur bei der Arbeit so gut wie unzertrennlich.

»Das ist kein Geruch, das ist ein Aroma«, verbesserte Meg und schnupperte genießerisch dem Duft der reifen Tomaten nach. »Das ist Moms weltberühmtes Tomatenchutney. Ausgezeichnet mit vielen Preisen und dem Jack-

McLeod-Gütesiegel«, erklärte Jodi überschwänglich, während sie Becky beobachtete, die gerade ihren Löffel in die Soße tauchte und daran probierte. »Und?«, fragte sie.

Becky kaute, schmeckte und überlegte. »Na ja, einen richtigen Geschmack kann ich nicht erkennen.«

Jetzt tauchte Jodi den Löffel in die Soße. »Tja«, meinte auch sie ratlos. »Schmeckt irgendwie ... nach gar nichts.«

»Es ist ja auch noch nicht fertig«, sagte Meg schnell und nahm ihrer Tochter den Löffel aus der Hand. »Und jetzt raus hier, ich muss weitermachen.« Damit scheuchte sie die Mädchen aus ihrem Reich.

Normalerweise hielt Claire sich die Samstagabende frei. Nicht, dass sie etwa ausgegangen wäre. Wohin auch? Außer dem Pub in Gungellan gab es in der näheren Umgebung nichts, wohin man hätte gehen können. Meistens entspannte sie sich deshalb bei einer Fernsehsendung. Doch Bill Tilson und die Aufgabe seiner Farm hatten ihr an diesem Samstagabend keine Ruhe gelassen. Bis in die Nacht hinein hatte sie über ihren eigenen Betriebsbüchern gesessen und gegrübelt.

Müde griff sie sich nun ein Buch über Getreideanbau als Nachtlektüre aus dem Regal und warf, bevor sie hinauf in ihr Zimmer ging, noch einen kurzen Blick aus dem Treppenfenster.

Was Claire sah, ließ sie ihre Müdigkeit sofort vergessen:

Ein gelbroter Schein erhellte den Himmel jenseits der Grenzen von Drover's Run, und es war unschwer zu erkennen, dass es brannte. Die Wilgul-Farm von Bill Tilson stand in Flammen!

»Tess!«, schrie Claire so laut sie konnte. »Tess! Wach auf! Weck die anderen! Bills Hof brennt!« Dann stürzte sie die Treppe hinab zum Telefon.

Ihr war klar, dass die Feuerwehr von Gungellan viel zu lange brauchen würde, um zu Bills Farm zu gelangen. Schnelle Hilfe konnten in diesem Moment nur die Ryans leisten, die Claire sofort telefonisch informierte.

In Windeseile waren Tess, Meg, Becky und Jodi aus den Betten gesprungen, hatten sich angezogen und trafen nun als Erste auf der Tilson-Farm ein. Bills Scheune brannte lichterloh. In einem Pferch davor drängten sich die Schafe zusammen, die in der nächsten Woche als Versteigerungsmasse an den Auktionator gehen sollten, und blökten aufgeregt.

»Meg, Jodi, Tess, lasst die Schafe raus!« Während Claire diese Anweisung gab, holte sie den Schlauch des Wasserfasses, der auf der Ladefläche des Pick-ups lag und mit dem normalerweise die Tränken auf den Weiden befüllt wurden. Becky hockte bereits auf der Ladefläche und warf die Pumpe an.

»Wo ist denn Bill?«, rief sie Claire zu. »Hat er nicht bemerkt, dass seine Scheune brennt?«

Erst in diesem Moment bemerkte Claire, dass Bill gar nicht da war. Feierte er vielleicht gerade seinen Abschied in Gungellan? Oder war er etwa im Haus und schlief?

In aller Eile übernahm Becky von Claire den Wasserschlauch und richtete ihn auf die brennende Scheune. Claire selbst rannte, so schnell sie konnte, zum Wohnhaus und durchsuchte die Räume, in der Hoffnung, Bill zu finden.

Sogar im Inneren war das Haus heruntergekommen und verwahrlost. Und Bill, der doch in der nächsten Woche die Farm verlassen wollte, hatte auch anscheinend noch absolut nichts gepackt, denn überall standen und lagen Sachen herum. Alle Zimmer waren leer, und Claire erhielt auf ihr Rufen keine Antwort. Ein schrecklicher Verdacht nahm plötzlich von ihr Besitz und wollte sie nicht mehr loslassen. Aber es schien die einzige sinnvolle Erklärung zu sein …

Als Claire zurück nach draußen lief, sah sie, dass die Flammen mittlerweile meterhoch aus dem Wellblechschuppen schlugen. »Bill ist nicht im Haus!«, rief sie den anderen zu.

»Vielleicht ist er schon abgereist«, schrie Tess gegen das Lodern des Feuers an.

Ich muss Gewissheit haben, war Claires einziger Gedanke, und sie zögerte nur einen kurzen Moment. Dann rannte sie los.

»Nein!«, schrie Tess. »Claire! Komm zurück! Du kannst da nicht hinein!«

Im Inneren des Schuppens brannte alles lichterloh: Gerätschaften, Strohballen, alte Fässer mit Ölrückständen und anderen Substanzen genauso wie ein Stapel Autoreifen. Geistesgegenwärtig kniete Claire sich nieder, um die aufsteigenden giftigen Dämpfe nicht einzuatmen. Dann sah sie im hinteren Teil der Scheune schemenhaft die Umrisse von Bills Wagen. »Bill!«, schrie sie auf und kroch in aller Eile dorthin, wo sie den Farmbesitzer vermutete.

Tatsächlich saß Bill zusammengesunken hinter dem Steuer. Seine Augen waren geschlossen, und sein Kopf lehnte kraftlos am Seitenfenster. Ein Schlauch führte aus dem Auspuff durch das hintere Fenster in das Innere des Wagens.

Claire riss die Tür auf. »Bill! Bill, du musst hier raus. Komm, steh auf. Ich helfe dir dabei!« Sie zerrte den schweren Körper mit aller Macht von seinem Sitz und zog ihn aus dem Auto. Seinen Arm um ihre Schulter gelegt, versuchte sie, ihn voranzuzerren, aber seine Beine sackten immer wieder kraftlos zusammen. Claire wurde plötzlich klar, dass sie ihn niemals alleine bis nach draußen würde bringen können. In diesem Moment gab es eine laute Explosion, und der Erdboden erzitterte.

»Bill, du musst … du musst mithelfen«, rief Claire mit rauer Stimme. »Sonst schaffen wir es nicht. Wir schaffen es alle beide nicht!« Wieder zerriss ein lauter Knall die Luft.

»Claire!« Wie eine rettende Stimme nahm Claire plötzlich Tess' Rufe durch den Rauch wahr.

Sekunden später tauchte Tess aus dem Qualm auf und legte sich Bills herunterhängenden Arm um die Schulter. Durch das Gewicht des bewusstlosen Mannes sackte sie sofort ein kleines Stück zusammen.

»Bloß raus hier!«, schrie Claire ihrer Schwester zu, doch es donnerte erneut, und eine weitere Feuerzunge brannte aus einem Fass auf. Der Eingang der Scheune war damit versperrt.

Tess schrie auf. »Zurück!«, rief sie. »Wir müssen zurück!«

In den hinteren Teil des Schuppens schien das Feuer noch nicht vorgedrungen zu sein. Den schweren Bill mit sich schleifend, bahnten sich die Frauen ihren Weg durch das Gerümpel, das überall herumstand.

»Da!« Tess deutete auf eine Holztür, die als Verbindungstür zu einem Anbau an den Schuppen diente. Sie war verschlossen, aber Tess ließ sich nicht aufhalten. »Halt ihn fest!«, rief sie ihrer Schwester zu und drückte Claire Bill in die Arme. Sie hatte beim Überprüfen des Grenzzaunes zwischen Drover's Run und Killarney gelernt, wie man fest zutrat, um die Stabilität der Pfähle zu überprüfen. Nun nahm sie Anlauf und versetzte der Tür einen festen Tritt. Augenblicklich sprang die schon etwas instabile Tür mit einem lauten Knall auf, so dass die Schwestern Bill gemeinsam in den kleinen Anbau schleppen konnten.

Bis hierher war der Rauch noch nicht vorgedrungen, Bills Wagen stand jedoch bereits in Flammen, und es war nur noch eine Frage der Zeit, wann auch dieser Gebäudeteil ein Opfer des Feuers werden würde. Die beiden Schwestern wurden plötzlich von Angst und Verzweiflung ergriffen. Sie hatten vollkommen die Orientierung verloren und schienen von geschlossenen Wänden umgeben zu sein.

»Wir sitzen in der Falle. Wohin jetzt?«, japste Tess atemlos.

Im gleichen Augenblick hörten sie die Hupe eines Autos, und hinter einem Gerümpelhaufen bahnten sich Scheinwerfer einen Weg.

»Wir müssen in diese Richtung!«, rief Claire erleichtert, packte gemeinsam mit ihrer Schwester Bill erneut kräftig an, und zu dritt bahnten sie sich einen Weg um den Haufen herum. Tatsächlich wurde ein Durchgang sichtbar, und dem Weg ins Freie stand nichts mehr entgegen. Vor dem Anbau stand mit aufgeblendeten Lichtern der Pickup, den Meg geistesgegenwärtig hergeholt hatte. Zwar musste dadurch die Löschaktion unterbrochen werden, aber ohne die Scheinwerferlichter hätten Tess und Claire mit dem ohnmächtigen Bill kaum mehr aus der Scheune herausgefunden.

In diesem Moment erreichten auch Nick und Alex Ryan zusammen mit Terry Dodge von Killarney die Farm.

Terry kümmerte sich sofort um Bill Tilson und schleppte ihn zusammen mit Meg in einen der Wagen, setzte ihn auf den Beifahrersitz und fächelte ihm Luft zu. »Atme tief durch, Bill! Ja, so machst du es gut.«

Die beiden Schwestern rangen ebenfalls noch immer nach Luft. Tess stützte sich auf die Motorhaube des Pickups und hustete heftig. Sie hatte das Gefühl, dass die giftigen Dämpfe bis in das letzte ihrer Lungenbläschen vorgedrungen waren. Nick wollte ihr den Arm um die Schultern legen und ihren bebenden Körper stützen. Aber Tess winkte ihn von sich, denn jede Berührung verstärkte das Gefühl der Enge in ihrer Brust. Sie musste sich bewegen.

Ein wenig abseits hockte Claire auf dem Boden und hustete ebenfalls heftig, als Alex auf sie zukam und sie fassungslos ansah. »Hat ja … hat ja verdammt lange gedauert«, bemerkte sie immer noch hustend.

»Claire, wie konntest du das tun? Du hättest tot sein können!« Im selben Moment rief jemand seinen Namen, und Alex verschwand im Rauch, der unablässig von der brennenden Scheune herüberwehte.

»Danke der Nachfrage«, knurrte Claire, von Hustenanfällen geschüttelt. »Ich bin okay.«

»Claire!« Meg stand mit einem Mal neben ihr. Sie fasste Claire um die Schultern, zog sie auf die Beine und nahm sie in die Arme. »Claire, du darfst so etwas nie wieder tun, hörst du?«

Obwohl sie merkte, dass ihre Kräfte sie langsam verließen, wollte Claire sich keine Schwäche anmerken lassen. »Bill muss ins Krankenhaus gebracht werden«, sagte sie fest.

»Ich mach das.« Nick war aus dem Nebel und Rauch aufgetaucht und stand plötzlich neben Claire.

»Fein. Dann kannst du dir bei der Gelegenheit ja gleich die Farm überschreiben lassen.« Auf diese wütende Bemerkung hin erntete sie einen entsetzten Blick von Meg. Nicks Gesichtsausdruck hingegen blieb gleichmütig. »Vielleicht solltest du dich auch untersuchen lassen, Claire«, sagte er nur. Dann wandte er sich ab, um Alex zu suchen, mit dem er das weitere Vorgehen besprechen wollte.

In dieser Nacht ging auf Drover's Run niemand mehr zu Bett, denn die Erlebnisse und Eindrücke der vorangegangenen Stunden waren nur schwer zu verarbeiten.

Die Sonne ging bereits hinter den Hügeln auf, als Claire, Tess, Jodi, Meg und Becky noch immer in der Küche saßen. Der Tee war längst ausgetrunken, und nachdenklich rührte Tess mit einem Löffel in der Zuckerdose herum.

Claire, deren Gesicht noch immer rußverschmiert war und aus deren Kehle von Zeit zu Zeit ein raues Husten aufstieg, starrte vor sich hin. »Ich hätte es wissen müssen«, sagte sie leise. »Warum habe ich nicht gleich daran gedacht?«

Tess stieß den Löffel ein wenig tiefer in den Zucker hinein und schob die Dose beiseite. »Niemand kann wissen, was im Kopf eines anderen vor sich geht. Mach dir also keine Vorwürfe.«

Claire starrte weiter vor sich hin und schüttelte dabei kaum merklich den Kopf. »Das verstehst du nicht«, sagte sie.

»Nein, ich verstehe es nicht«, gab Tess zu. »Vor allem verstehe ich nicht, wie man so etwas tun kann, wenn man Frau und Kinder hat. Hat er an die denn gar nicht gedacht? Ich finde so etwas selbstsüchtig, egoistisch und … und auch feige.«

Claire schien ihrer Schwester überhaupt nicht zugehört zu haben. »Bills Familie lebt hier fast genauso lange wie unsere«, sagte sie mit zittriger Stimme. Sie hatte offenkundig Mühe, sich zu beherrschen. »Wenn ich mir vorstelle, dass eines Tages Drover's Run in dieselbe Situation geraten könnte …« Ein Schluchzen stieg plötzlich in ihr auf. Claire konnte ihren Satz nicht zu Ende sprechen und verließ ohne ein weiteres Wort die Küche.

Tess griff erneut zur Zuckerdose. Mit fahrigen Bewegungen begann sie wieder darin herumzurühren, so heftig, dass der Zucker über den Rand spritzte.

Den ganzen Vormittag über ließ Claire sich nicht mehr auf dem Hof blicken. Sie wollte auf einem Stück Land Baumstümpfe mit dem Traktor roden und hatte Jodi und Becky aufgetragen, auch dorthin zu kommen, um das Holz zusammenzutragen.

Meg hielt sich in der Küche auf und überlegte gerade, ob sie das Chutney vom letzten Tag auf den Komposthaufen kippen sollte. Nachdem Jodi und Becky den faden Geschmack beim Kosten bemängelt hatten, hatte Meg versucht, das Ganze mit etwas Salz zu verbessern, was sich jedoch im Nachhinein als Fehler erwies. Während sie einen Moment unschlüssig ihr Gewürzregal betrachtete, betrat Tess die Küche. Sie hatte bereits die Brunnenlöcher abgeritten, in der Hoffnung, dass die Arbeit sie auf andere Gedanken bringen und die Eindrücke der Nacht überlagern könnte. Aber es war ihr nicht recht gelungen.

»Und? Gibt es schon etwas Neues von Bill?«, erkundigte sie sich bei Meg, während sie sich ein Glas Wasser nahm.

Meg schüttelte den Kopf. »Bislang nicht«, antwortete sie.

Tess lehnte sich an die Spüle und nippte an ihrem Glas. »Seine Frau und die Kinder wird man ja sicher verständigt haben. Was die jetzt wohl durchmachen?«

»Da merkt man erst, wie schön ein Tag ohne Sorgen ist«, pflichtete Meg ihr bei und wandte sich wieder zum Herd.

»Sorgen?«, erwiderte Tess. »Es gibt wohl nichts Furchtbareres als zu erkennen, dass der Mensch, den du am meisten liebst, es nicht für nötig hält, für dich weiterzuleben.«

Der Satz war so durchdrungen von Emotionen und Mitleid, dass Meg sich verwundert zu Tess umdrehte und Tränen in den Augen der jungen Frau entdeckte. »Tess – um Himmels willen, was ist denn?«

Tess versuchte, sich wieder zu beruhigen und ihren Gefühlsausbruch in den Griff zu bekommen, doch es wollte ihr nicht gelingen. »Ich war sieben Jahre alt und kam eines Tages aus der Schule nach Hause, als Mom auf der Couch lag. Zuerst habe ich gedacht, sie schläft. Dann habe ich die Tabletten gesehen. Ich … ich dachte, ich hätte irgendetwas angestellt.«

»Tess, wie kannst du so etwas glauben!«, entfuhr es Meg erschreckt. »Ruth hat dich über alles geliebt.«

Tess kniff die Augen zusammen. »Das mag schon sein. Oder besser: Bestimmt war es so. Sie sagte mir, es sei wegen Jack …«

»Wegen Jack?«, fiel Meg ein. »Aber sie hat ihn doch verlassen!«

Ein unbeholfenes Lächeln glitt über Tess' Gesicht. »Mal war er ein Schwein – und dann wieder die Liebe ihres Lebens. Trotzdem«, Tess' Züge wurden wieder ernst, »die Leidtragende ihres Selbstmordversuchs war weder Jack noch sie selbst - sondern ich. Denn obwohl sie mir sagte, es sei nicht wegen mir gewesen, hatte ich ab diesem Moment immer das Gefühl, absolut artig sein zu müssen, damit sie es nicht wieder tat. Damit sie mich nicht verließ, so wie sie es mit Jack getan hatte. Meg, kannst du dir vorstellen, was das für ein Gefühl ist?«

Meg war ehrlich betroffen. Bisher hatte jeder auf Drover's Run angenommen, dass Tess und ihre Mutter Ruth in harmonischem Einvernehmen miteinander gelebt hätten. Dass ein Selbstmordversuch der Mutter die Beziehung der beiden belastet hatte, war Tess bis auf den heutigen Tag nicht anzumerken gewesen.

»Ich … ich weiß nicht, ob ich mir so etwas vorstellen kann«, antwortete Meg. »Aber ich weiß, dass ein Kind damit absolut überfordert sein muss. Hast du nie mit ihr darüber geredet?«

»Nein.« Tess schüttelte mechanisch den Kopf. »Mom war Therapeutin. Aber sie hat nie versucht, mir dieses Trauma zu nehmen.«

Meg sah Tess mitfühlend an. »Das ist wirklich furchtbar. Es wäre besser gewesen, wenn ihr geredet hättet.«

Anstatt wieder hinaus an die Arbeit zu gehen, ging Tess hinauf in ihr Zimmer und nahm die Holzdose, die zusammen mit ihren Sachen vor einigen Wochen von einer Spedition aus Melbourne hierher gebracht worden war, aus dem Regal. Diese Dose enthielt die Asche ihrer Mutter.

»Mom«, schluchzte sie ebenso aufgewühlt wie empört über das frühere Verhalten der Mutter. »Das hättest du mir nicht antun dürfen. Ich war noch ein Kind. Hörst du? Ich war noch ein Kind.« Mit einer heftigen Bewegung schob sie die Schachtel an das hinterste Ende des Regalbodens in ihrem Schrank, schloss die Tür und lehnte sich weinend dagegen.

2. Kapitel

Schon seit einiger Zeit hatte Tess sich gefragt, warum Claire angefangen hatte, auf einer der Viehweiden die Bäume zu roden. Eigentlich spendeten Bäume Schatten und boten den Viehherden Kühlung, wenn die Sonne Australiens in den heißen Monaten unbarmherzig vom Himmel herabschien.

Als Tess aus ihrem Zimmer kam und durch den Flur nach unten ging, fiel ihr Blick auf das Buch, das Claire am Samstagabend so plötzlich liegen lassen musste, als sie das Feuer entdeckt hatte. Tess nahm es in die Hand und betrachtete nachdenklich den Titel: »Professioneller Getreideanbau«. Auf dem Einband war ein riesiges Getreidefeld abgebildet, das mit einem Mähdrescher von einer einzigen Person abgeerntet wurde. Das schien eine saubere, deutlich weniger anstrengende Arbeit als die Tierproduktion zu sein. War Tess einmal mehr nicht in die Pläne ihrer Schwester eingeweiht worden? Sie knallte das Buch auf den Tisch und machte sich auf den Weg zur Viehweide, um Claire zur Rede zu stellen.

»Hättest du wohl die Güte, mich in deine Pläne einzuweihen?«, forderte Tess ihre Schwester dort ohne Umschweife auf. »Seit wann hast du entschieden, dass wir Getreide anbauen wollen?«

Claire war gerade dabei, eine schwere Metallkette um einen mächtigen Stumpf zu legen und sie an der Anhängerkupplung des Traktors zu befestigen. »Wir müssen unser Risiko streuen«, antwortete sie ruhig. »Ich will nicht so enden wie Bill.«

»Aber auf Drover's Run wurde noch nie Getreide angebaut«, entfuhr es Tess.

Claire zuckte die Schultern. »Neue Bedingungen erfordern neue Maßnahmen«, erklärte sie.

Von der Kuppe des Hügels drang das Geräusch von Nicks Motorrad zu den Frauen herüber. »Ich komme gerade aus Gungellan, aus dem Krankenhaus«, erklärte Nick, als er Claire und Tess erreicht hatte. Tatsächlich verfügte der kleine Ort über ein winziges Krankenhaus, mehr eine Krankenstation. »Sie werden Bill heute entlassen. Er hatte nur eine leichte Rauchvergiftung.«

Claire sah kurz auf, während sie die Kette für den Baumstumpf einhakte. »Und das hat er allein den großzügigen Ryans zu verdanken«, sagte sie ironisch. Sie ging zum Fahrersitz des Traktors und schwang sich hinauf.

Nick sah sie verständnislos an. »Wie … wie meinst du das?«

»Ich meine das Angebot, das ihr ihm gemacht habt«, antwortete Claire. »Bei einem reellen Preis hätte Bill vielleicht einen anderen Ausweg gesehen. Aber ihr habt natürlich nur ein gutes Geschäft gewittert. Und euch nicht gefragt, ob Bill vielleicht daran zugrunde geht.«

»Claire, wie kannst du so etwas sagen«, versuchte Tess sich einzuschalten.

Aber Claire sprach bereits weiter. »Vielen Dank jedenfalls für die Nachricht. Es freut mich, dass es Bill wieder besser geht.«

»Schon okay, Claire«, antwortete Nick, der mit dieser Beleidigung ganz gut zurechtkam und erstaunlich ruhig klang. »Arbeite nicht so viel.«

Claire hatte den Traktor schon wieder angestellt, und das hämmernde Motorengeräusch unterband jedes weitere Gespräch. Nick wendete sein Motorrad und fuhr davon.

Tess stützte empört die Hände in die Hüften. »Für dich hat sich die Benimmschule ja echt ausgezahlt«, rief sie ihrer Schwester über das Dröhnen des Traktors zu.

Claire antwortete nicht, sondern gab stattdessen Gas, bis der Motor der alten Maschine aufjaulte. Im gleichen Moment entwich mit lautem Zischen eine anhaltende Fontäne heißen Wasserdampfs.

Es war wirklich unglaublich. Auf ihre Bemerkung, ob Bill eigentlich nie mit jemandem über seine Probleme gesprochen habe, war Claire überhaupt nicht eingegangen. Viel wichtiger war die Frage, was für einen Defekt der Traktor wohl haben könnte, und diese diskutierte sie nun gründlichst mit Becky.

Jetzt saß Tess in ihrem Käfer-Cabrio und fuhr, ohne so recht zu wissen warum, zu Bills Farm. Wahrscheinlich brauchte sie nur einen Moment Abstand von Drover's Run und den Problemen der eigenen Farm.

Das Feuer der letzten Nacht hat der Farm geradezu geschmeichelt, dachte Tess mitleidig. Jetzt, bei Tag, trat die Abgewracktheit des ganzen Anwesens erst richtig hervor. Der Schuppen war vollkommen ausgebrannt, und Ruß schwärzte die Innenseiten der Wellblechwände. Leere Ölfässer und die Reste der verbrannten Autoreifen lagen umher. Auf Bills Wagen hatte der Lack Blasen geworfen, und die Fensterscheiben waren durch die Hitze zerplatzt.

»Suchst du etwas?« Plötzlich tauchte Nick in der ausgebrannten Scheune auf.

Tess schrak kurz zusammen. »Nein. Ehrlich gesagt, weiß ich nicht, was mich hierher getrieben hat. Es ist vielleicht ...« sie lächelte unsicher, » ... vielleicht nur meine Art, mit solchen Dingen fertig zu werden. Und du?«

Nick lächelte ebenfalls, und im Näherkommen wurde

für einen kurzen Moment das Hinken sichtbar, das ihm von seinem Reitunfall als Junge geblieben war. »Ich weiß auch nicht genau, wie ich hier gelandet bin«, sagte er mit einem Schulterzucken. »Ich fühle mich wegen der ganzen Sache schlecht.«

Mit einer solchen Antwort hatte Tess fast schon gerechnet. »Lass dich von Claire nicht fertig machen.«

Nick sah sie überrascht an. »Du bist nicht Claires Meinung?«

Tess schüttelte den Kopf. »Nein. Ich finde es sehr nett, wie du dich jetzt um Bill kümmerst. Aber was Bill getan hat, dafür kann man niemand anderem die Schuld geben. Jeder ist für sich selbst verantwortlich«, stellte sie fest und verpasste einer Holzstütze, die vor ihr stand, einen heftigen Hieb mit der Hand.

»Vorsichtig!«, rief Nick unterdrückt aus. »Das ist hier alles einsturzgefährdet.« Er ergriff Tess' rußgeschwärzte Hand und wischte ihr mit einem Tuch sanft über die Handfläche. Ein merkwürdiger und zugleich angenehmer Schauer durchlief ihren Körper.

»Manchmal«, begann Nick wieder langsam, »gibt es Situationen, da kommt man wirklich auf die verrücktesten Ideen.«

Tess fühlte ihr Herz plötzlich bis zum Hals schlagen. Schnell zog sie ihre Hand weg, drehte sich um und machte ein paar Schritte zurück, Richtung Scheunentor. »So …

so wie Claire«, antwortete sie. »Die rackert sich ab für ein Stück Land.«

Nick folgte ihr. »Drover's Run bedeutet ihr eben alles«, sagte er. »Es ist ihr Leben.«

Tess ließ ihren Blick durch die verrußte Scheune schweifen. »Was gibt es denn, was einem wirklich bleibt?«, fragte sie. »Nichts. Für mich wird es niemals etwas geben, das ich nicht loslassen kann.« Es klang fast wie ein Gelübde. »Keinen Ort und keinen Menschen. Nichts«, bestärkte sie ihre Worte. »Ich muss frei sein.«

Nick betrachtete sie aufmerksam. »Du wirst dich also niemals binden?«, fragte er.

Tess überlegte einen Augenblick. »Nein«, sagte sie dann unterdrückt. »Bestimmt nicht.«

Als Tess zurück nach Drover's Run kam, stand der Traktor unter einem der Schuppendächer. Claire und Becky hatten ihn also irgendwie zur Farm geschleppt, und offenbar hatte Becky den Schaden schon fast behoben, denn sie füllte gerade eimerweise Wasser in den Kühler.

»Himmel noch mal«, stieß Claire ungeduldig aus. »Wie viel passt denn da hinein?«

»Claire, ich wollte kurz etwas mit dir besprechen«, begann Tess, die nun zu den beiden Frauen getreten war. »Bill kommt doch heute aus dem Krankenhaus. Aber seine Frau und seine Kinder sind in Adelaide. Ich habe gedacht, es ist nicht gut, wenn er in ein leeres Haus kommt.«

Jetzt setzte Becky den Eimer ab. »Du kannst ihn anlassen«, sagte sie zu Claire.

Augenblicklich zündete Claire den Traktor, und das Dröhnen des Motors erzeugte einen ohrenbetäubenden Lärm.

Von ihrem Traktorsitz aus schenkte Claire ihrer Schwester einen beinahe spöttischen Blick. »Ich denke, Bill ist ein egoistischer Feigling?«, rief sie über das Dröhnen hinweg.

»Ich … ich finde, er hat einen Fehler gemacht«, schrie Tess zurück. »Aber das ist kein Grund, ihm nicht zu helfen. Und ich habe gedacht, bis seine Frau wiederkommt …«

Claire machte ein kurzes Zeichen, dann schaltete sie den Traktor wieder ab.

»Bill wird heute aus dem Krankenhaus entlassen, und ich dachte, bis seine Frau wieder zurück ist …«, wiederholte Tess ihren Versuch, vernünftig mit ihrer Schwester zu sprechen. Da ertönte auf dem Hof eine Hupe. Claire stieg vom Traktor, und auch Tess trat unter dem Schuppendach hervor. Brick, einer der jungen Cowboys von Killarney, der in letzter Zeit offenbar ein Auge auf Becky geworfen hatte, saß am Steuer, neben ihm Bill.

Während die Schwestern zum Wagen gingen, um Bill zu begrüßen und mit ins Haus zu nehmen, warf Claire Tess einen entnervten Blick zu.

Tess kümmerte sich rührend um Bill, führte ihn auf die

Veranda und drückte ihn sanft in einen Sessel. »Setzen Sie sich. Ich hole Ihnen Tee. Sie sollen doch viel trinken, nicht wahr?«

»Ja, ja, danke«, antwortete Bill. Er wirkte zwar nicht gerade apathisch, aber dennoch irgendwie abwesend.

»Wir haben auch Zeitschriften«, plapperte Tess weiter. »Nicht gerade die neusten, aber immerhin besser als gar nichts. Eine Decke hole ich Ihnen auch, falls Ihnen kalt wird. Und … ach ja … Meg hat Kuchen gebacken. Möchten Sie vielleicht ein Stück?«

Sehr langsam hob Bill seinen Kopf. Er sah Tess aus merkwürdig verschleierten Augen an. »Das ist sehr nett von Ihnen. Vielen Dank.«

»Keine Ursache. Jetzt geht es erst mal darum, dass Sie wieder auf die Beine kommen«, antwortete Tess etwas zu heiter.

Claire hatte die ganze Zeit über mit verschränkten Armen in der Verandatür gestanden. Als sich Tess an ihr vorbeidrückte, sah sie ihrer Schwester in die Augen. »Ob ich irgendwann schlau aus dir werde?«, fragte sie.

Auch wenn Tess vielleicht Erfüllung darin fand – Claire hatte immer schon gewusst, dass sie nicht zur Krankenschwester geboren war. Nachdem der Traktor jetzt wieder funktionierte, fuhr sie zurück an ihre Arbeit. Jodi und Becky hatten das gesamte herumliegende Holz zusammengetragen und waren jetzt mit anderen Dingen beschäftigt. Claire musste nur noch den letzten Baumstumpf entwurzeln, dann konnten die Holzreste abgefahren werden.

Sie schloss die Kette um den Stamm.

»Warum jagst du ihn nicht einfach in die Luft?« Ohne dass Claire es bemerkt hatte, war Alex Ryan auf dem Motorrad näher gekommen. »Du stehst wohl auf Dieselgeruch?«

»Etwa so wie andere auf den Geruch von Dynamit«, gab Claire zurück. »Du hast wohl als kleiner Junge nicht genügend Kracher zünden dürfen.«

Alex grinste. »War nur ein Vorschlag«, sagte er. Dann startete er sein Motorrad und fuhr wieder davon.

Claire stieg auf den Traktor und gab langsam Gas. Der Traktor bewegte sich, und die Kette bekam Spannung. Nun gab Claire noch mehr Gas, die Kette knirschte, der Motor des Traktors jaulte auf, aber der Baumstumpf rührte sich nicht. Plötzlich aber machte der Traktor einen Satz nach vorn – die Kette war gerissen.

»Verdammt!«, stieß Claire aus. »Verdammt, verdammt, verdammt!« Sie knallte den Rückwärtsgang rein, um die Kette erneut befestigen zu können, aber es schien heute kein erfolgreicher Tag zu sein. Wie bereits vor einigen Stunden fing der Motor an zu zischen, und eine hohe Wasserdampffontäne entwich. »Du blödes Ding!«, schrie

Claire und trommelte auf dem Lenkrad des Traktors herum. Wütend sprang sie von ihrem Sitz auf, setzte den linken Fuß auf die Aufsteighilfe - und rutschte ab. Sie versuchte Halt zu finden, schlug stattdessen aber nur mit dem Oberkörper gegen den Arm der mächtigen Schaufel des Traktors. Dann prallte sie zurück und krachte heftig mit dem Rücken auf den Boden.

Unterdessen saß Bill Tilson, mit einer Decke auf den Beinen, auf der Veranda und starrte ins Leere. Er hatte eine halbe Tasse Tee getrunken, die Zeitschriften hatte er nicht angerührt, und auch auf Megs Kuchen schien er keinen Appetit zu haben.

»Also«, begann Tess mit ihrer heiteren und unverfänglichen Stimme. Sie hielt es für das Beste, Bill nicht an den Vorfall zu erinnern. »Ich bin für heute mit meinen Arbeiten fertig und habe Zeit für Sie. Wir können Karten spielen, wenn Sie möchten. Oder auch Scrabble.«

Bill bewegte kaum merklich den Kopf, und für einen Moment schien ein bitteres Lachen um seine Mundwinkel zu zucken.

»Wenn Sie nicht spielen wollen«, ging Tess sofort auf ihn ein, »dann können wir uns auch einfach ein bisschen unterhalten. Wollen Sie ... wollen Sie mir vielleicht erzählen, wie es Ihnen in der letzten Zeit ergangen ist?«

Bill Tilson griff nach seiner Tasse und trank etwas von dem Tee.

»Ich weiß. Die Leute hier auf dem Land reden nicht über ihre Probleme«, sagte Tess resigniert. »Dann erzählen Sie mir doch etwas von Ihrem neuen Job«, nahm sie dann einen neuen Anlauf. »Sie wollten in einem Eisenwarengeschäft arbeiten, nicht wahr?«

Jetzt drehte Bill ihr wieder das Gesicht zu. Seine Augen waren noch immer merkwürdig verschleiert, und Tess fragte sich, ob dies mit den Dämpfen zusammenhing, die Bill eingeatmet hatte. Bill räusperte sich. Dann holte er tief Luft. »Tess« begann er mit belegter Stimme, und in diesem Moment war Tess schon klar, wie der Satz enden würde. »Es gibt kein Eisenwarengeschäft.«

Wie genau Claire nach Hause gekommen war, wusste sie nicht mehr. Sie erinnerte sich nur noch unklar daran, dass sie unter schrecklichen Schmerzen in der Seite zu Fuß nach Drover's Run zurückmarschiert war. Sie konnte nicht einschätzen, was für eine Verletzung sie sich zugezogen hatte, vermutete aber, dass eine gebrochene Rippe ihr diese Qualen verursachte. Oder besser gesagt: mindestens eine.

Wie durch ein Wunder war sie kurz vor einer Ohnmacht Nick begegnet, der im Range Rover unterwegs war. Er fing sie auf, bevor sie noch mal zu Boden fiel, dann brachte er sie in einem halbdämmerigen Zustand im Wagen nach Drover's Run.

Nun saß sie mit ausgestreckten Beinen in ihrem Zimmer auf dem Bett. Tess hatte ihr die Stiefel ausgezogen und massierte ihr die Füße, und Meg hatte ihr etwas Wasser zum Trinken gebracht, so dass Claire schon wieder klar denken konnte. Unterdessen berichtete sie kurz, was passiert war.

»Jetzt ruh dich erst mal aus«, sagte Tess und beendete ihre Massage. »Ich kümmere mich um alles, bis es dir wieder besser geht. Und wenn du mich brauchst«, endete sie und stand auf, »ich bin unten.«

Claire nahm noch einen Schluck Wasser. »Jodi soll den Traktor abholen, und Becky soll ihn reparieren«, rief sie ihrer Schwester hinterher. »Aber diesmal bitte richtig! Und die Treibstoffvorräte überprüfen!«

»Claire?«, Meg brachte Claire ein frisches Glas Wasser, das sie mit einer energischen Bewegung auf dem Nachttisch absetzte. »Halt die Klappe und werde wieder gesund!« Damit verließ sie das Zimmer.

Sie war kaum draußen, als es an den Türrahmen klopfte. »Darf ich?« Nick trat ein.

Claire hob grüßend die Hand. »Hallo, Nick. Willkommen im Heim für all die Leute, die sich selbst verletzen. Unter der Leitung der berühmt-berüchtigten Tess Silverman-McLeod.«

Nick zog sich grinsend einen Stuhl heran und setzte sich zur Patientin ans Bett. »Gehts besser?«, fragte er.

Claire winkte ab. »So schnell heilt eine gebrochene Rippe nicht.«

»Du warst ohnmächtig«, bemerkte Nick.

»Ohnmächtig?«, fuhr Claire auf, hielt jedoch sofort mit schmerzverzerrtem Gesicht inne. »Okay, ich bin umgekippt.«

»Jedenfalls musste ich dich tragen«, fuhr Nick fort und sah Claire aufmerksam an. »Eine völlig neue Erfahrung.«

Claire trank einen weiteren Schluck Wasser und blieb die Antwort auf diese Feststellung schuldig.

»Ist es dir denn jetzt gelungen?«, fragte Nick leise. »Hast du uns endlich beweisen können, dass du alles allein schaffst?«

Mit einem misstrauischen Blick setzte Claire ihr Glas ab.

»Du hast das alles doch gar nicht nötig«, fuhr Nick fort. Mit kaum wahrnehmbaren Bewegungen wechselte er seinen Platz vom Stuhl auf Claires Bett. Er sah ihr in die Augen. »Unsere Väter hatten geplant, dass wir heiraten.«

Claire prustete. »Meinst du, ich will mich von deinem Vater schlucken lassen?«

Nick schüttelte den Kopf. »Das will ich auch nicht. Aber es gibt ja auch noch andere Wege. Ich habe eigene Pläne. Und ich weiß, dass wir beide unsere Unabhängigkeit lieben.«

Er beugte sich ein wenig zu Claire hinab, näherte seinen Kopf ihrem Gesicht. »Ich kann nicht mit ansehen, wie du dich so abschuftest, Claire. Lass dir helfen. Bitte.« Er senkte seinen Kopf noch ein wenig hinab und küsste sie.

»Claire, ich habe eine Idee!« Tess' Stimme drang über den Flur. »Ich habe gedacht, wir bringen Bill auf ein paar andere Gedanken, darum habe ich Alex für heute Abend eingeladen und …« Ahnungslos betrat sie das Zimmer und blieb im selben Moment wie angewurzelt stehen. Die Situation war mehr als eindeutig. » … und ich wollte dich fragen, Nick, ob du und Alex nicht auch kommen wollt«, brachte sie ihren Satz verstört zu Ende.

Nick richtete sich auf und lächelte Tess freundlich an. »Wenn es keine Mühe macht, kommen wir sehr gern.«

Tess richtete gern Feste aus und lud Freunde ein, was nur leider nicht sehr häufig vorkam, seitdem sie auf Drover's Run wohnte. Deshalb wirbelte sie nun auch den ganzen Nachmittag durchs Haus und hatte große Freude an der Vorbereitung des Abends. Als alles zu ihrer Zufriedenheit bereitet war, verschwand sie im Bad.

Unterdessen waren schon die Ryan-Brüder eingetroffen und hatten sich ein Bier genehmigt. Das war wohl auch der Grund dafür, dass die beiden nun schon seit einiger Zeit vor dem Bad standen und Tess ein wenig verfluchten, die das Bad immer noch blockierte.

Als Nächster fand Terry Dodge sich mit einem gequälten Gesicht vor der Badezimmertür ein.

»Hey, Terry, hinten anstellen«, wies Alex ihn zurecht. »Nick und ich warten auch schon.«

»Tess ist da drinnen«, ergänzte Nick. »Es kann also noch dauern.«

»Es kann noch dauern?«, wiederholte Terry verzweifelt, während das Plätschern aus der Badewanne zu vernehmen war. »Mag sein, aber ich kann nicht mehr warten. Und Jack McLeod hat schon gewusst, was er tat, als er nur eine Toilette in dieses Haus bauen ließ.« Er wandte sich um und stapfte die Treppe hinunter. Alex und Nick folgten ihm, ohne noch länger zu zögern, hinaus ins Freie.

Die Männer betraten gerade wieder das Haus, als Tess die Treppe herunterkam und lächelnd verkündete: »Das Bad ist frei.«

»Danke, es hat sich erledigt«, antwortete Alex und nahm am gedeckten Tisch Platz.

»Ach? Wie das denn?«, fragte Meg, die gerade das Essen auftrug.

»Jack hat immer gesagt, es ist gut für den Garten«, umschrieb Alex die Art und Weise, wie Nick, Terry und er sich des Drucks entledigt hatten.

»Oh«, machte Meg. »Wie charmant.«

Sobald alle Platz genommen hatten, entwickelte sich im Handumdrehen eine lebhafte Unterhaltung. Mit Befriedigung bemerkte Tess, dass Bill nicht mehr so abwesend wirkte wie zuvor. Ihre Rechnung ging also auf.

»Also ehrlich, Claire«, wandte Alex sich an seine Farmer-Kollegin. »Das hättest du deiner Rippe wirklich ersparen können. Es wäre so viel einfacher gewesen, den Baumstumpf zu sprengen. Fünf Minuten, und das Ding ist weg. Willst du es nicht mal versuchen? Ich helfe dir gern.«

Claire wollte eigentlich vehement ablehnen, machte dabei aber eine so ungeschickte Bewegung, dass ihr vor Schmerz das Wasser in die Augen schoss. »Ich werde darüber nachdenken«, versprach sie.

»Zumindest so lange ihre Rippe wehtut«, ergänzte Jodi grinsend.

»Schmeckt es dir, Bill?«, versuchte nun auch Meg, Bill ins Gespräch mit einzubeziehen.

»Oh ja, sehr gut, wirklich«, antwortete er lächelnd. »Janelle kocht das hier auch oft.« Er machte eine kreisende Bewegung über seinem Teller und fügte hinzu: »Meistens tut sie noch Oliven dran.«

Meg sah auf ihren Teller. Es gab Lammbraten mit Reis, Karotten und Rosenkohl.

»Ach, mit Oliven?«, wiederholte sie interessiert. »Darauf wäre ich nie gekommen. Vielleicht kann sie mir mal das Rezept geben?«

Tess sah jetzt eine günstige Gelegenheit, die anderen von einer ihrer neuesten Ideen zu überzeugen. Mit der Gabel schlug sie sachte an ihr Glas, um sich Gehör zu verschaffen. »Ich möchte etwas sagen«, begann sie. »Also, äh, mir ist aufgefallen, dass hier auf dem Land nicht allzu viel geredet wird …«

»Nein, das übernimmst du ja für uns«, warf Alex ein und erntete für diesen Scherz allgemeines Gelächter.

»Stattdessen hilft man sich eher mit Taten«, fuhr Tess grinsend fort. »Bill hat sich entschieden, den Job in Adelaide nicht anzutreten«, sagte sie jetzt schnell, wobei sie Bill einen verschwörerischen Blick zuwarf. »Und ich habe gedacht, vielleicht ist es sinnvoll, wenn wir alle mithelfen, seine Scheune wieder aufzubauen.«

Diesem unerwarteten Vorschlag wurde erfreut von allen Seiten zugestimmt. Nick und Alex boten sofort Material an, und Terry hätte am liebsten gleich in die Hände gespuckt.

Auch Jodi und Becky waren begeistert. »Das ist mal etwas anderes, als ständig Zäune abzureiten«, meinte Jodi.

Bill, um dessen Zukunft es aber eigentlich ging, war der Einzige, der diesem Projekt ablehnend gegenüberstand. »Oh, nein, nicht nötig. Bitte macht euch um mich keine Sorgen.«

»Aber das ist doch gar kein Problem«, beharrte Terry. »Wir kommen ein, zwei Tage herüber von Killarney …«

»Terry hat Recht. Und das Material, Bill«, ergänzte Alex, »das können wir dir umsonst überlassen. Wir haben im Moment keine Verwendung dafür, und wir …«

»Es ist Ewigkeiten her, dass Killarney und Drover's Run

ein gemeinsames Projekt hatten«, fiel Meg begeistert ein. »Das letzte Mal, also, da muss Claire noch ganz klein gewesen sein, und wir hatten damals …«

»Ich will keine neue Scheune!«, übertönte Bill plötzlich die Stimme der übrigen Anwesenden.

Sofort wurde es still. Alle sahen ihn an.

»Ich will keine Scheune«, wiederholte Bill. »Mir liegt nichts daran. Nicht an dem Geld oder dem Land oder an sonst etwas.«

Man hätte eine Stecknadel fallen hören können.

»Janelle hat mich verlassen«, fuhr Bill tonlos fort. »Und ohne sie … ohne sie hat mein Leben keinen Sinn mehr.«

Mit wem Tess in den nächsten Tagen telefonierte, war Claire vollkommen schleierhaft. Sie bekam nur mit, dass ihre Schwester viel Zeit im Büro verbrachte und offenbar mehrere hochkomplizierte Gespräche führte. Die Gesprächsfetzen, die Claire hin und wieder aufschnappte, ließen aber keinen Zweifel daran, dass Tess sich tatsächlich ein wenig von der therapeutischen Arbeit ihrer Mutter abgeschaut hatte und dabei war, in ihre Fußstapfen zu treten.

Noch war Claire mit ihrer gebrochenen Rippe nicht wieder in der Lage, auf den Traktor zu klettern. Meg musste daher an diesem Vormittag draußen mithelfen und auf den Fahrersitz steigen, um den Motor immer wieder anzulassen, während Claire und Becky die Maschine gemeinsam reparierten.

Von ihrem erhöhten Platz aus war sie die Erste, die das unbekannte Auto näher kommen sah. »Wer ist das denn?«, fragte sie, als der beigefarbene Kombi auf den Hof rauschte.

Claire kniff angestrengt die Augen zusammen, konnte aber nur undeutlich die Umrisse einer Person hinter dem Steuer erkennen. Der Wagen hielt an, aber es stieg niemand aus. Allerdings hatten Tess und Bill den Besuch wohl bereits erwartet, denn sie kamen nun zusammen aus dem Haus.

Zum ersten Mal seit Tagen hatte Bill rote Wangen, und während die beiden hinter dem kleinen Mauervorsprung hervortraten und auf das Auto zugingen, sprach er aufgeregt mit Tess.

»Tess, ich … ich möchte Ihnen danken. Sie haben so viel für mich getan … Ich weiß nicht, wie ich das wieder gutmachen kann.«

»Oh, bitte machen Sie sich keine Gedanken«, meinte Tess bescheiden. »Ich habe es gern getan.«

Liebevoll sah Bill zum Auto hinüber, wo jetzt, bei heruntergekurbeltem Fenster, eine derb und ungepflegt wirkende Frau zu erkennen war. Sie hatte eine fast brutale Ausstrahlung.

»Janelle«, hauchte Bill glücklich. »Du bist wirklich gekommen!«

Janelle gab ein grunzendes Geräusch von sich. »Steig ein, du verdammter Idiot!«, war ihre einsilbige Antwort.

Augenblicke später bretterte Janelle mit Bill an ihrer Seite vom Hof.

Tess kam nun von der Mauer herüber, während Meg, Claire und Becky dem eigentümlichen Paar hinterhersahen.

»Das beweist doch mal wieder, dass Liebe blind macht«, bemerkte Claire.

»Oder dumm«, pflichtete Tess ihr bei.

Meg schenkte den beiden Schwestern einen beinahe mitleidigen Blick, dann sah sie nachdenklich in die Ferne. »Auf jeden wartet irgendwo auf der Welt der oder die Richtige. Das ist jedenfalls das, woran ich glaube.«

Eigentümlicherweise ließen Megs Worte Tess über die ganze Mittagszeit nicht mehr los, und ihr fiel wieder ein, was sie noch vor wenigen Tagen zu Nick gesagt hatte: dass sie sich niemals binden wolle, an nichts und niemanden.

Als Tess nun in der Küche stand und abtrocknete, während Meg das Geschirr vom Mittagessen spülte, kamen die beiden Frauen ins Gespräch.

»Sag mal, Meg, glaubst du wirklich an die große Liebe?«, fragte sie unvermittelt.

»Oh ja«, antwortete Meg lachend. »Das tue ich.«

»Ist etwa Terry der Glückliche?«, wollte Tess ein wenig amüsiert wissen.

»Terry, nun ja … Wir verstehen uns gut.« Meg war sich unsicher, das konnte man ihr anmerken.

»Aber du würdest dich nicht umbringen, wenn er dich verließe?«, hakte Tess deshalb nach.

Meg überlegte kurz. »Nein. Ich denke nicht.«

»So ist es doch auch richtig, oder?« Nachdenklich trocknete Tess ein Glas ab. »Ich meine, sich verlieben ist schön. Aber wenn man sich irgendwann so eingeengt fühlt, glaubt, keine Luft mehr zu bekommen. Wohin soll das führen?«

Meg hatte den Abwasch beendet, drückte das Spültuch aus und wischte nun den Küchentisch ab. »Nicht jede Liebe muss so tragisch enden, selbst wenn sie scheitert. Es gab mal jemanden, den habe ich sehr geliebt. Wirklich sehr«, betonte sie noch einmal. »Aber letzten Endes«, fuhr sie seufzend fort, »letzten Endes war es nicht der richtige Zeitpunkt für uns beide, und deshalb ist eben nichts daraus geworden.«

»Wie traurig«, bemerkte Tess und sah gedankenverloren auf den Fußboden.

Meg nahm das Handtuch, das über ihrer Schulter lag, und trocknete den Tisch ab. »Traurig?«, wiederholte sie. »Nein, eigentlich nicht. Liebe lässt sich nicht planen, sie erfasst dich einfach. Und sie verlässt dich vielleicht auch wieder. Trotzdem: Ich bereue nichts. Wir hatten wunderschöne Momente miteinander.«

Tess sah Meg fragend an. Konnte die Erinnerung an Momente ausreichen für ein ganzes Leben?

»Wirklich wunderschöne Momente«, bekräftigte Meg, und ihr Strahlen kam Tess vor wie die Antwort auf ihre unausgesprochene Frage.

Währenddessen stand Claire auf dem unlängst gerodeten Hügel und betrachtete den riesigen Baumstumpf, der als einziger von vielen Bäumen noch an die einstige Landschaft erinnerte.

Schweren Herzens, denn sie musste ja nun zugeben, dass sie Hilfe benötigte, hatte Claire sich entschlossen, Alex' Angebot anzunehmen. Er hatte bereits ein Loch gegraben und mittlerweile auch die Verästelungen der Baumwurzel freigelegt. Jetzt deponierte er vorsichtig die Sprengstoffpakete, die vorbereitet neben ihm lagen.

»Gib es zu, du hast Spaß daran«, meinte Claire und beugte sich vorsichtig ein Stück vor, um Alex zuzuschauen.

»Harte Arbeit, Claire, harte Arbeit«, wiegelte Alex ab.

»Hast du denn auch bestimmt nicht zu viel genommen?«, hakte Claire weiter nach.

Alex war inzwischen dabei, die Zündschnüre zu verbinden. »So wenig wie möglich, und so viel wie nötig«, antwortete er salomonisch.

Claire verzog das Gesicht. Hätte sie eine andere Antwort erwarten können?

»Jetzt sag dem Baumstumpf Lebewohl.« Alex stand auf und zog feierlich den Hut ab. »Lebe wohl!«

Claire ging auf den Spaß ein und winkte. »Machs gut, Baum. Du warst ein treuer Freund.«

Dann wickelte Alex genügend Zündschnur ab, um mit Claire hinter seinem Wagen in Deckung gehen zu können. Er zog seine Nachbarin mit sich in die Knie, wartete noch einen Moment, dann drückte er die Zündung.

Als gleich darauf eine ungeahnt laute Explosion die Luft zerriss, richteten sich Alex und Claire unvermittelt auf und wurden im gleichen Moment von Tausenden winziger Holzstückchen übersät, die wie ein Hagel auf sie niederprasselten.

Noch an diesem Nachmittag holte Tess die Schachtel aus ihrem Schrank hervor, die sie vor wenigen Tagen voller Wut dort verstaut hatte. Endlich war sie bereit, loszulassen, sich zu trennen und doch die guten Erinnerungen zu bewahren. Die Schachtel mit beiden Armen umschlossen, ging sie zur Anhöhe, von der aus man den schönsten Blick über ganz Drover's Run hatte.

An der Grabstelle unter dem Baum blieb sie stehen und las noch einmal die Inschriften auf dem Kreuz und den beiden Steinen daneben. Seit Jack McLeods Tod war kein

Jahr vergangen. Seine erste Frau Prudence hingegen, Claires leibliche Mutter, sowie der kleine Adam lagen hier seit langer Zeit.

»Ich weiß, dass du bei dem sein wolltest, den du liebst«, begann Tess. »Bei Jack McLeod. Mal war er ein Schwein und mal die Liebe deines Lebens. Aber selbst wenn es nur Momente gewesen wären, in denen ihr glücklich miteinander ward – dann rechtfertigen sie doch diesen Entschluss.« Sie griff in die Schachtel und begann, die Asche von Ruth Silverman-McLeod auf Jacks Grab zu verteilen. »Lebe wohl, Mom. Ich liebe dich«, sagte sie, während die silbrig schwarzen Flocken in einem schwerelosen Tanz auf Jacks Ruhestätte niedergingen. »Und ich vergebe dir. Nicht nur, dass ich mir zum sechzehnten Geburtstag kein Tattoo machen lassen durfte«, warf sie mit einem Grinsen ein. Dann wurde sie wieder ernst. »Sondern alles, womit du mich jemals verletzt hast.«

Nach ihrem Gespräch mit Tess hatte Meg noch eine ganze Weile allein in der Küche gesessen. Sie hatte das Foto von Jack McLeod aus der Diele geholt – nur um zu sehen, ob das Glas auszuwechseln sei, das neulich zersprungen war, sagte sie sich.

Das Foto war das letzte Bild, das es von Jack McLeod gab, und vorsichtig strich Meg mit dem Finger über Jacks Gesicht.

Gerade hatte sie das Bild wieder abgestellt, als Terry in die Küche kam. Schüchtern begrüßte er seine Partnerin; in der letzten Zeit war er nicht mehr ganz so sicher gewesen, wie Meg zu ihm stand. Im Augenblick war er sogar richtiggehend beunruhigt. Wahrscheinlich musste er einfach mehr Zeit in die Beziehung investieren, nahm er an und hatte darum beschlossen, Meg öfter mal wieder einen kleinen Besuch abzustatten.

»Was ... äh ... was ist denn eigentlich aus deinem Tomatenchutney geworden?«, erkundigte er sich, um ein unverfängliches Gespräch zu beginnen.

»Das Chutney? Ach, das ist einfach nichts geworden«, antwortete Meg. »Ich weiß auch nicht. Es wollte nicht gelingen wie sonst. Irgendetwas hat gefehlt.«

»Du meinst, eine Zutat?«, fragte Terry.

»Ja, eine Zutat vielleicht.« Meg ging zum Becken und füllte sich ein Glas Wasser ein. Sie wollte es gerade an die Lippen setzen, als sie plötzlich innehielt und ein Lächeln über ihr Gesicht huschte – oder auch eine Erleuchtung, so schien es. Sie streckte Terry das Glas hin. »Bitte, trink das Glas leer.«

Terry nahm das Glas, setzte es an und trank es in einem Zug aus. Sofort füllte Meg nach und hielt ihm das volle Glas auffordernd hin.

»Meg, ich habe eigentlich gar keinen Durst«, wandte Terry schüchtern ein.

»Austrinken!«, wies Meg ihn an. Wieder setzte Terry das Glas an die Lippen und leerte es.

Noch bevor Terry ausgetrunken hatte, reichte Meg ihm ein weiteres Glas. Und noch eins und noch eins. So lange, bis Terry sich entschuldigte und aus der Küche stürzte.

Lächelnd sah Meg ihm vom Fenster aus zu, wie er im Gemüsegarten zwischen den Tomaten verschwand und dort das tat, von dem Jack McLeod immer schon gewusst hatte, dass es gut für den Garten war. Und das dem Chutney offenbar das gewünschte, vielfach prämierte und unverwechselbare Aroma verlieh!

3. Kapitel

Megs Aufgabenbereich umfasste nicht nur die Küche. Als Haushälterin von Drover's Run hatte sie praktisch rund um die Uhr zu tun. Und dass sie um einiges älter war als Claire und Tess und noch dazu vom Wesen her ausgleichend, vernünftig und vorausschauend, bescherte ihr oft eine Menge zusätzlicher Arbeit. Sie wurde als eine Art Ersatzmutter angesehen, der man auch ruhig mal Dinge überlassen konnte, die eigentlich nicht zu ihren Aufgaben zählten, von denen aber jeder wusste, dass Meg sie verrichten würde. Einfach, weil sie getan werden mussten.

Auch an diesem Morgen war es nicht anders: Anstatt sich ihren Aufgaben im Haus zu widmen, schleppte Meg zwei Eimer frisch gemolkener Milch über den Hof, weil Tess vergessen hatte, ihre Milchkuh Madonna zu melken.

Berücksichtigte man, dass in dieser Nacht wieder Vieh gestohlen worden war, wie so oft in letzter Zeit, war Tess aber fast schon entschuldigt. Zum Glück hatte es nicht Drover's Run getroffen, sondern Killarney. Etwa hundert Stück Vieh waren von den Weiden geholt worden, das konnte man nur mit einem Truck bewerkstelligen. Gleich am frühen Morgen, nach dem Anruf der Ryans, war Claire mit Tess aufgebrochen, um den eigenen Bestand zu überprüfen.

Trotzdem blieb das Melken viel zu oft an Meg hängen. Und es war höchste Zeit, dass sich daran etwas änderte.

Ihre Tochter Jodi kam ihr gerade entgegen. »Ah, Jodi«, begann Meg. »Du kommst genau richtig. Ich brauche unbedingt deine Hilfe, ich komme sonst nicht mehr klar.«

Jodi blieb noch nicht mal stehen. »Tut mir Leid, Mom«, sagte sie mit einem Kopfschütteln. »Ich muss Becky bei der Pumpe helfen. Übrigens, der Wasserhahn in der Küche ist undicht«, fuhr sie gleich fort. »Da musst du mal einen neuen Dichtungsring reinschrauben. Und der Abwassertank läuft auch schon wieder über ...«

Meg setzte die schweren Milcheimer ab, stützte die Hände in die Hüften und sah ihrer Tochter nach, die hügelaufwärts verschwand.

Was wäre eigentlich, wenn sie, Meg, nur mal für zwei Tage nicht funktionieren würde?

Wie Claire und Tess bei ihrer Kontrolle feststellten, fehlten auch aus dem eigenen Bestand einige Schafe. Claire schimpfte wie ein Rohrspatz und schwor, den Viehdieben eigenhändig eins aufs Fell zu brennen, wenn sie sie erwischte. Ein solcher Verlust, der für Killarney vielleicht ein Abschreibungsfall war, konnte Drover's Run durchaus schon das Genick brechen.

Da sie aber nun schon einmal auf der Schafweide waren, nutzte Claire die Gelegenheit, zwei ihrer Schafböcke wieder einmal auf deren Leistungsfähigkeit zu testen. Sie hatte zwei Gurte mitgebracht, die den Böcken umgeschnallt wurden. An der Unterseite der Gurte befand sich jeweils eine Farbpatrone, die einen Strich auf den Rücken des weiblichen Schafes aufbrachte, sobald der Bock aufgesprungen war.

»Meinst du nicht, dass sie einfach abgehauen sein könnten?«, fragte Tess. Während Claire den Gurt mit der blauen Farbpatrone gerade an einem Schafbock anbrachte, hielt sie den zweiten Gurt mit der pinkfarbenen Patrone bereit. »Durch ein Loch im Zaun, und jetzt machen sie sich einen schönen Tag irgendwo draußen? Eine Art Betriebsausflug?«, setzte sie ihre Überlegungen fort.

Claire schüttelte den Kopf und zog den ersten Gurt fest. »Das ist unwahrscheinlich«, sagte sie, »wenn gleichzeitig bei den Ryans und den Browns Vieh gestohlen wurde. Warum dann nicht auch bei uns?«

»Was kann man denn dagegen tun?«, fragte Tess.

»Eigentlich gar nichts«, antwortete Claire seufzend. Sie ließ den ersten Bock laufen und holte sich den nächsten, um ihm den zweiten Gurt umzuschnallen. »Sofern man nicht über die nötigen Mittel verfügt, um Überwachungskameras zu installieren, wie Harry Ryan es getan hat. Aber offensichtlich hat das ja auch nichts gebracht«, schränkte sie ein.

»Das ist ja eine moderne Farbe«, sagte Tess unvermittelt. Sie betrachtete interessiert die Farbpatrone des zweiten Gurts, den sie für Claire bereithielt. »Rosa! Ob Mr. Pink damit bei den Damen Eindruck macht?«

Ein Motorengeräusch kündigte einen Besucher an, und als Claire und Tess neugierig zum Weg blickten, erkannten sie den Polizeiwagen von Constable Cook.

»Guten Morgen«, begrüßte er die Farmerinnen beim Aussteigen und tippte sich kurz an die Mütze. »Ich war zuerst auf der Farm. Aber Jodi und Becky haben mir gesagt, dass Sie hier sind. Claire, wir haben einige Schafe gefunden, die nicht zu den anderen gestohlenen Tieren gehören können, und ich wollte fragen, ob Sie vielleicht welche vermissen.«

Claires Miene verdüsterte sich augenblicklich. »Haben Sie die Mistkerle, die die Schafe gestohlen haben, auch gleich gefasst? Die können sich glücklich schätzen. Wenn ich sie in die Finger bekommen hätte ...«

»Äh, nicht ganz«, unterbrach der Constable Claires Schimpfen. »Der Ranger hat sie im Nationalpark entdeckt. Sie müssen ausgebrochen sein ...«

»Ich habe doch gesagt, die machen sich irgendwo einen netten Tag«, warf Tess mit unterdrücktem Lachen ein.

»Im Nationalpark ... das heißt, es waren nicht die Viehdiebe, die auch auf Killarney ...?« Claire war sichtlich schockiert.

Constable Cook schüttelte den Kopf. »Offensichtlich nicht. Die Schafe genießen ihre Freiheit in vollen Zügen, meinte der Ranger am Telefon.«

»Verstehe ... äh, danke.«

»Keine Ursache«, antwortete Constable Cook und tippte sich noch mal an die Mütze. Dann stieg er wieder ins Auto. »Übrigens«, bemerkte er noch, bevor er den Motor anließ. »Was ist denn mit Jodi und Becky los?«

»Mit Jodi und Becky? Was soll mit ihnen sein?«, fragte Claire.

»Keine Ahnung. Aber Jodi war ganz aufgeregt, als sie mich sah. Und sie hat irgendetwas gefaselt von einem Schuss, der sich nur ganz zufällig aus Beckys Gewehr gelöst hätte«, antwortete der Cop erheitert.

Claire zuckte die Schultern und lachte. »Wer weiß schon, was in den Köpfen junger Mädchen vor sich geht?«

Cook nickte zustimmend. »Das ist wohl wahr«, meinte er. Dann ließ er den Wagen an und fuhr davon.

Claire sah ihm nach und erinnerte sich plötzlich wieder an die merkwürdige Situation vor einigen Wochen, als sie Becky im Bad von Drover's Run angetroffen hatte – in der Hand ein Gewehr aus Claires Waffenschrank, das ganz deutlich noch nach Schmauch roch.

Tess hatte die letzten Worte des Constables gar nicht richtig aufgenommen. Für sie war viel wichtiger, dass Claire sich endlich einmal geirrt hatte. »Da hat sich unsere Claire also getäuscht!«

Claire brummelte etwas Unverständliches vor sich hin. Sie ließ sich nicht gern auf einen Fehler hinweisen.

»Und jetzt?«, fragte Tess. »Beenden wir den kleinen Betriebsausflug unserer Schafe?«

Claire erhob sich. »Ich mache das zusammen mit den anderen. Du kannst die Schafe hier zusammentreiben und anschließend das Loch im Zaun suchen.«

Jodi und Becky waren mit der Reparatur der Pumpe fast fertig, als Claire auf den Hof fuhr. Meg hatte Holz gehackt und fuhr die Scheite auf einer Schubkarre zum Haus.

»Sattelt die Pferde. Die Schafe laufen im Nationalpark herum«, rief Claire schon von weitem.

»Ach, dann waren es gar nicht die Viehdiebe von Killarney?«, fragte Jodi verschmitzt.

»Claire, ich hoffe, ihr schafft das allein. Ich kann jetzt nicht«, antwortete Meg und deutet auf den Stapel Holzscheite in der Schubkarre.

Claire schüttelte den Kopf. »Ich brauche euch alle, Meg. Das Holz kann warten.«

Völlig unerwartet kippte Meg die Schubkarre um und

ließ die Scheite auf den Boden fallen. »Dann lasse ich also das Saubermachen und die Wäsche und das Kochen und den tropfenden Wasserhahn und springe schnell aufs Pferd. In Ordnung?« Wie sehr es Meg nervte, immer wieder einspringen zu müssen und die eigene Arbeit auf später zu verschieben, das ließ dieser Gefühlsausbruch erstmals vermuten – Meg war offenbar stinksauer.

Claire, Jodi und Becky sahen sich an.

»Was war das denn?«, fragte Claire verblüfft.

»Vielleicht prämenstrueller Stress?«, war Beckys fabelhafte Erklärung.

Unterdessen befand sich Tess an einer der entferntesten Ecken von Drover's Run und gab sich dem Hochgefühl eines echten Erfolgserlebnisses hin. Sie hatte nicht nur das Loch im Zaun entdeckt, durch das die Schafe entkommen waren, sondern es war ihr auch gelungen, es zu reparieren. Und zwar ganz allein, mit Zange, Draht und etwas Geschick! Sie bedauerte, dass ihr Pferd Oscar der einzige Zeuge dieser reifen Leistung war – immerhin hatten Zaunreparaturen nicht zu ihrer ansonsten recht umfassenden Ausbildung als Hotelfachfrau gehört. Und ein bisschen Publikum hätte Tess sich für diese Premiere durchaus gewünscht.

»Nichts zu machen«, tröstete Tess sich selbst und stieg wieder in den Sattel auf Oscars Rücken.

Die ganze Zeit über hatte sie sich voll und ganz der Reparatur des Zaunes gewidmet und ihre Umgebung kaum wahrgenommen. Als sie sich jetzt umschaute, bemerkte sie überrascht, dass unterhalb eines kleinen Hügelvorsprungs Rauch aufstieg. Tess drückte ihre Fersen in Oscars Flanken und ritt hügelabwärts zu einer kleinen Hütte.

Sie zögerte einen Moment, stieg dann aber doch ab und näherte sich vorsichtig der offenen Tür. »Hallo, ist jemand zu Hause?«, rief sie schüchtern.

Im gleichen Moment spürte sie einen leichten Druck im Rücken. »Was haben Sie hier zu suchen?«, fragte eine Stimme.

Tess fuhr herum und sah in den Lauf eines Gewehrs, das ein alter Mann auf sie gerichtet hatte. Als er Tess' weit aufgerissene Augen sah, grinste er über beide Backen. »Na, da hat sich aber jemand erschreckt«, meinte er und nahm das Gewehr herunter. »Denken Sie etwa, ich wollte Sie erschießen?«, fragte er mit freundlich tadelnder Stimme.

»Aber nein. Erschreckt haben Sie mich aber schon ein bisschen«, beeilte Tess sich zu versichern – auch wenn sie selbstverständlich davon ausgegangen war, dass der Alte abdrücken würde. »Wer sind Sie?«

Der Mann hängte sein Gewehr an einen Haken. »Ich bin Sidney Angus Connelly«, stellte er sich vor und drückte Tess feierlich die Hand. Dann nahm er zwei tote Kaninchen von seiner Schulter, die er gerade geschossen haben musste, und hielt sie Tess stolz vor die Nase.

Tess wich ein wenig zurück. »Wohnen Sie hier?«, erkundigte sie sich. »Hier auf Drover's Run?«

Sid Connelly nickte. »Ich war bis zu meiner Rückenverletzung Chef-Cowboy auf der Farm. Das muss so ...«, er machte eine wiegende Bewegung mit der Hand, »so etwa achtundachtzig gewesen sein.«

»Ganz schön lange her«, entfuhr es Tess.

Sid sah sie überrascht an. »So lange nun auch wieder nicht.«

»Aber ... aber seitdem wohnen Sie hier? Ganz allein?«

»Allein!« Sid spuckte das Wort geradezu aus. »Ich bin doch nicht allein. Ich habe die Kaninchen, die Sterne und den Mond, und manchmal kommt ein Känguru vorbei.«

»Ah, verstehe.« Tess nickte ein wenig irritiert.

»Jack McLeod hat mich nach meinem Unfall hier wohnen lassen«, fuhr Sid jetzt fort. »Wo hätte ich auch sonst hingehen sollen? Ein feiner Kerl ...«

»Ich ... ich bin seine Tochter«, warf Tess stolz ein.

»Ach, tatsächlich?« Über das Gesicht des Alten ging ein Lächeln. »Und? Wie geht es Jack denn so?«

»Er ist tot.«

»Oh!« Sid schien sichtlich berührt und kratzte sich verlegen am Kopf. »Das hatte ich noch gar nicht mitbekommen.«

Zur gleichen Zeit wie Tess kehrten auch die anderen Frauen nach Drover's Run zurück. Das Einfangen der Schafe war schneller gegangen als erwartet - was vor allem Claire mit Zufriedenheit erfüllte, aber sicher auch Meg. Allerdings blickte sie nach wie vor recht grimmig drein.

Tess berichtete ihrer Schwester von der Bekanntschaft mit Sid. »Warum hast du mir nie von ihm erzählt?«

»Er ist ein Spinner. Ehrlich gesagt - ich hatte gehofft, dass er längst gestorben sei.«

»Ein Spinner?«, wiederholte Tess empört. »Er ist reizend und absolut harmlos.«

»Er faselt von Aliens und blinkenden Lichtern. Und er wird nicht zum Mittagessen oder Abendessen oder zu sonst etwas eingeladen, ja? Außerdem bin ich mir ziemlich sicher, dass er das ein oder andere Schaffell vor seiner Hütte hängen hat«, gab Claire zurück, während sie zum Haus ging. »Oder etwa nicht?«

Tess zog es vor, auf diese Frage nicht zu antworten. Die Schaffelle hatte sie tatsächlich bemerkt, wollte sich aber über deren Herkunft lieber nicht den Kopf zerbrechen.

Meg hatte gerade ihr Pferd zurück in den Stall gebracht und ging nun ebenfalls zum Haus.

»Mom?«, rief Jodi ihr zu. »Kannst du vielleicht Wasser aufsetzen?«

»Nein, Jodi, tut mir Leid«, antwortete Meg, während sie

mit entschlossenen Schritten weiterlief. »Ich werde kein Wasser aufsetzen. Ich will meine Ruhe. Ich will ein Bad. Und ich will endlich mal wieder ein Buch lesen.« Mit diesen Worten verschwand sie in ihrem Haus, und ließ Becky, Jodi, Tess und Claire sprachlos stehen.

Kurze Zeit später tauchte Meg mit einer Reisetasche in der Hand auf dem Hof auf.

Claire war gerade dabei, einige leere Kanister auf den Pick-up zu laden, als sie bemerkte, dass Meg nicht wie erwartet zum Wohnhaus ging, sondern in Richtung Straße. »Äh, Meg«, sagte Claire vorsichtig. »Wenn du nach Gungellan willst – ich kann dich mitnehmen. Ich will gerade zum Landwirtschaftshandel.«

Meg blieb unschlüssig stehen, doch Claire ging nicht weiter auf sie ein.

»Becky, kommst du mit?«, wandte sie sich stattdessen an das junge Mädchen. »Ich brauche deine Hilfe.«

»Dann will ich aber auch mit«, warf Jodi dazwischen. Sie öffnete die Tür des Rücksitzes und stieg ein.

Auch Claire hatte bereits hinter dem Lenkrad Platz genommen. »Komm schon, Meg, es geht los. Was ist mit dir, Tess?«, wandte sie sich dann an ihre Schwester. »Hast du Lust auf einen Betriebsausflug? Wie die Schafe?«

Tess überlegte kurz und schüttelte den Kopf.

»Nein, ich bleibe lieber hier – und wasche mir die Haare«, fügte sie als Rechtfertigung hinzu.

Gungellan wirkte verschlafen wie immer. Meg holte ihre Tasche aus dem Auto und teilte den anderen sichtlich zufrieden ihre Entscheidung mit.

»Ich bleibe bis auf weiteres hier. Ruft mich nicht an.« Ohne auf eine Reaktion der Frauen zu warten und ohne eine weitere Erklärung, steuerte sie auf den Pub mit dem darüber befindlichen Hotel zu.

Mit dem Gesichtsausdruck eines begossenen Pudels sah ihre Tochter Jodi ihr hinterher. »Meint ihr, sie kommt wieder?«

Becky lachte und machte Anstalten, Meg zu folgen. »Klar. Aber jetzt sollten wir erst einmal sehen, dass wir etwas zu essen bekommen. Ich habe einen Riesenhunger.«

»Äh … Becky.« Claire deutete kurz mit dem Kopf auf den Pub, dessen Besitzer Brian Cronin war. Becky hatte, bevor sie nach Drover's Run gekommen war, bei ihm gearbeitet und war während dieser Zeit von ihm vergewaltigt worden.

»Bist du sicher, dass du dort hineinwillst?«

»Wenn ich im Pub essen will, dann esse ich auch im Pub«, antwortete Becky gelassen. »Außerdem gibt es hier immer noch die beste Fischplatte im Umkreis von vierhundert Kilometern. Und ich liebe Calamares.«

Im Pub herrschte der übliche Betrieb zur Mittagszeit. Auch Gary, der noch vor wenigen Monaten Cowboy auf Drover's Run gewesen war, saß an der Theke. Nach dem

Tod ihres Vaters hatte Claire entsetzt feststellen müssen, dass Gary und die anderen Cowboys sie bestahlen. Daraufhin hatte sie ihn und seine Komplizen vom Hof gejagt.

Brian, der Wirt des Pubs, kam eben aus dem Gastraum zurück, wo er einige Biere serviert hatte. Er hinkte immer noch, stellte Claire fest. Allerdings war bisher noch kein Wort darüber an ihr Ohr gedrungen, woher genau seine Beinverletzung rührte, und das war eine für den kleinen Ort Gungellan eher ungewöhnliche Tatsache.

Inzwischen hatte Meg sich den Schlüssel für das schönste Zimmer des Hauses geben lassen. Sie war fest entschlossen, es sich für ein paar Tage bequem zu machen, und hatte alles dabei, was sie zum Wohlfühlen brauchte: ihren Bademantel, etwas Kosmetik und Nagellack, ein Buch und eine große Flasche ihres Lieblingsschaumbades. Jetzt fehlte ihr nur noch Terry.

Sobald sie die Tür aufgeschlossen und ihren Koffer abgestellt hatte, griff sie zum Telefon. Killarney war bestens ausgestattet und technologisch auf dem neuesten Stand, so dass auch Terry, als Mitarbeiter der Farm, über ein Satelliten-Telefon verfügte. Auf diese Weise war er ständig zu erreichen, selbst wenn er, wie jetzt, mit einem größeren Viehtrieb beschäftigt war. Meg rief ihn an, und er versprach zu kommen, sobald seine Arbeit beendet war. Dann ging sie hinunter in den Pub, um etwas zu essen.

Als sie Jodi an der Theke stehen sah, wäre ihr allerdings fast der Appetit vergangen. »Was machst du denn hier?«, fragte sie mit schlecht versteckter Ungeduld.

Jodi sah sie an. »Was wohl? Mittagspause. Auf Drover's Run bleibt die Küche heute nämlich kalt.«

»Was darf's sein?«, fragte Brian Meg in diesem Moment.

»Für mich einmal Fischplatte, bitte. Aber zum Mitnehmen!«

Dass an diesem Tag die Küche auf der Farm kalt blieb, stimmte nicht ganz. Nachdem Claire und die anderen weggefahren waren, hatte Tess keinen Moment gezögert und schnell ein paar essbare Kleinigkeiten vorbereitet. Dann war sie in ihr Auto gesprungen und, so nah es ging, an Sids Hütte gefahren. Sie hatte den alten Mann ins Auto gepackt und ihn auf die Farm gebracht, in der Hoffnung, etwas über Jack McLeod zu erfahren. Claire war ja eigentlich der Mensch, der ihn am besten gekannt hatte, aber sie erzählte leider nie etwas von ihrem Vater.

»Ich war seit Jahren nicht mehr hier«, sagte Sid, als sie auf dem Hof hielten und ausstiegen. »Verändert hat sich aber gar nichts«, stellte er fest, während er sich umsah. »Wo bleibt denn Jack? Ich freu mich schon, ihn wiederzusehen.«

Einen Augenblick stutzte Tess. Vielleicht hatte sie sich gerade verhört.

»Wir … wir haben doch darüber gesprochen«, sagte sie dann vorsichtig. »Jack ist tot.«

Sid sah sie überrascht an. »Tatsächlich? Ich wusste nicht einmal, dass er krank war.«

Tess überging diese Bemerkung. »Wollen Sie etwas essen?«, lud sie Sid ein. »Ich habe eine Kleinigkeit vorbereitet.«

»Also wenn ich ehrlich bin …« Sid kratzte sich verlegen am Ohr. »Klar esse ich gern etwas. Aber wenn es geht … meinen Sie, ich könnte vielleicht ein Bad nehmen?«

Nicht im Traum hatte Tess an einen solchen Wunsch gedacht. Dennoch konnte sie Sid diese Bitte nicht abschlagen. Sie ließ ihm ein Bad ein und legte ihm auch noch eine alte Hose von Jack heraus. Seine eigene war nur noch ein Fetzen.

Nachdem Sid gebadet hatte, kam er zum Essen herunter. Er ließ es sich schmecken und erzählte Tess dabei von seinem Leben unter freiem Himmel.

»Aber sind Sie denn nicht einsam dort draußen?«, erkundigte sich Tess. »So ganz allein.«

Sid hielt einen Moment inne. »Einsam«, sagte er nachdenklich, »einsam wird man nur in der Stadt.«

Was sie vor einem halben Jahr niemals gedacht hätte, kam Tess jetzt spontan in den Sinn: Der alte Mann hatte wahrscheinlich Recht.

Aber Sid fuhr auch schon fort. »Außerdem ist da der Besuch.«

»Ich weiß«, sagte Tess lächelnd. »Die Kaninchen und die Kängurus.«

»Nicht nur die«, sagte Sid mit geheimnisvollem Grinsen. Er beugte sich ein Stück vor, als wolle er Tess ein Geheimnis anvertrauen. »Da war dieses Raumschiff mit den blinkenden Lichtern. Und den Halley'schen Kometen habe ich auch gesehen.«

Bis eben hatte Tess Sid für einen ziemlich normalen alten Mann gehalten, der vielleicht ein bisschen vergesslich war; doch jetzt zuckte sie merklich zurück. Lag Claire also doch richtig mit ihrer Behauptung, dass Sid ein Spinner war?

Mit einem Mal lachte Sid hell auf und klopfte Tess, die ihre Hand auf dem Tisch liegen hatte, freundlich auf den Handrücken. »Jetzt sind Sie aber wirklich reingefallen, was, meine Liebe?«

»Oh ja«, stimmte Tess schnell zu. Sie war erleichtert, dass der Alte sie nur auf die Schippe genommen hatte.

»Nein, nein«, sagte Sid lachend. »Den Halley'schen Kometen – den habe ich natürlich nie gesehen.«

Der Pub füllte sich über Mittag zusehends, und auch Nick und Alex Ryan trafen noch ein. Es war ziemlich ungewöhnlich, dass sie mittags im Pub aßen, denn ihre Mutter Liz war eigentlich eine ganz ausgezeichnete Köchin.

Claire bestellte noch drei Bier, für sich und Becky und Jodi, die im hinteren Teil des Pubs Billard spielten. Dann setzte sie sich für einen Moment an die Theke, wo Nick gerade Platz genommen hatte.

Nick berichtete Claire, er komme gerade aus Adelaide, wo er geschäftlich zu tun gehabt habe. Und Alex hätte ihn eigentlich an der kleinen Bahnstation abholen sollen.

»Hätte ich auch gemacht, wenn du da gewesen wärst.« Alex drückte sich hinter Claire und Nick vorbei und nahm an Nicks freier Seite Platz.

Nick grinste Claire viel sagend an, und mittlerweile kannte Claire das Geplänkel und die Rivalitäten der Ryan-Brüder gut genug, um nicht darauf einzugehen.

Kimmy, die neue Aushilfskraft des Pubs, stellte die drei bestellten Biere vor Claire auf die Theke, die währenddessen Becky und Jodi beobachtete. Sie saßen am Billardtisch und starrten zum wiederholten Male Kimmy an.

»Äh … sehe ich irgendwie komisch aus?«, wollte Kimmy jetzt von Claire wissen, der die Blicke ebenfalls aufgefallen waren.

»Nein, mach dir keine Gedanken. Nicht komischer als ich.« Damit nahm sie zwei der drei Biere und trug sie zu Becky und Jodi hinüber.

»Und?«, knüpfte Alex an das eben begonnene Gespräch über Nicks Aufenthalt in Adelaide an. »Wie ist es denn gelaufen?«

Nick sah seinen Bruder zweifelnd an. »Bist du dir sicher, dass du dich dafür interessierst, was der Arzt gesagt hat?«

Claire gesellte sich wieder zu den Ryan-Brüdern und schlug vor, sich zum Essen miteinander an einen Tisch zu setzen. Sobald sie Platz genommen hatten, kamen sie auf den Viehdiebstahl zu sprechen, der Killarney während Nicks Abwesenheit besonders hart getroffen hatte.

»Also, wer immer das war«, beschloss Claire ihre Überlegungen, »ich denke, da waren Profis am Werk. So viele Rinder auf einmal - da kann von Eigenbedarf keine Rede mehr sein.«

Nick sah seinen Bruder forschend an. »Aber seid ihr denn nicht rausgefahren, als die Alarmanlage losging? Wofür haben wir denn elektronisch überwachte Grenzzäune?«

»Die Alarmanlage geht dauernd los«, antwortete Alex knurrend. »Wenn ich da jedes Mal aus dem Bett springen würde …«

Auch Constable Cook hatte sich im Pub eingefunden.

»Hi, Joe. Gibts schon Neuigkeiten von den Viehdieben?«, rief Alex, der den Cop gerade an der Theke entdeckt hatte.

Constable Cook legte grüßend zwei Finger an die Mütze und kam zu Claire und den Ryan-Brüdern an den Tisch. »Bisher leider nicht«, gab er zu. »Wir haben keine Spur von den Gaunern. Wir wissen nur, dass noch andere Farmen ebenfalls betroffen sind. Die Diebe kennen sich wirklich gut aus.«

»Sind vielleicht aus der Gegend«, bemerkte Claire und nahm noch einen Schluck Bier.

»Wie viele Geschädigte sind es denn jetzt?«, fragte Alex. »Also wir, die Browns, deine Schafe …«, zählte er auf und deutete dabei auf Claire.

»Die Schafe von Drover's Run haben wir gefunden«, schaltete Constable Cook sich wieder ein. »Die waren im Nationalpark.«

»Ach?« Nick sah Claire belustigt an. »Betriebsausflug?«

»Die wollten sich mal einen schönen Tag machen«, pflichtete ihm Cook amüsiert bei.

»Ehrlich? Im Nationalpark?«, lachte Alex. »Na, nur gut, dass wir nicht im ganzen Staat nach ihnen gefahndet haben. Oder in den Nachrichten.«

»Der Parkranger wäre sofort verdächtigt worden«, stimmte Nick zu.

Claire verschränkte die Arme vor der Brust und verdrehte die Augen, während Alex, Nick und Constable Cook ganz offenbar ihren Spaß hatten. Dass erwachsene Männer sich über einen Haufen ausgebüchster Schafe so amüsieren konnten – das hätte sie wirklich nie gedacht.

Kimmy, Brians neue Aushilfe, hatte sich nicht völlig zu Unrecht beobachtet gefühlt. Immer wieder sahen Jodi und Becky vom Billardtisch zu dem Mädchen herüber. Anscheinend hatte auch Brian bemerkt, dass etwas vor sich ging, und warf Becky drohende Blicke zu. Einen Versuch von ihm, sie hinauszuwerfen, hatte sie bereits abgeschmettert.

»Meinst du nicht, wir sollten doch lieber einfach gehen?«, flüsterte Jodi jetzt ihrer Freundin zu. »Constable Cook ist gekommen, und er hat uns schon wieder so komisch angesehen.«

»Jetzt fang bloß nicht wieder davon an«, schnitt Becky ihr fast das Wort ab. »Er ahnt überhaupt nichts, solange du nicht wieder von dem Schuss anfängst, der sich zufällig aus meinem Gewehr gelöst hat.«

Jodi fürchtete sich noch immer davor, dass die unglückselige Begegnung mit Brian auf Drover's Run und die nicht zu übersehenden Folgen doch noch aufgedeckt würden. Brian war vor ein paar Wochen plötzlich auf der Farm aufgetaucht, um sich die Autoreifen zurückzuholen, die Becky ihm gestohlen hatte - als »Ausgleich«, wie sie sagte, für die Vergewaltigung. Sie hatte die Reifen stattdessen an Claires Pick-up montiert und ihrer Chefin damit eine große Freude gemacht.

Als er nun plötzlich auf dem Hof stand, hatte Becky ihn mit dem Gewehr bedroht, und irgendwann hatte sie abgedrückt. Brian wurde am Bein verletzt, und Jodi hatte das alles gesehen und war so zur Mitwisserin geworden. Seit dieser Zeit wurde sie von ihrem schlechten Gewissen geplagt und konnte deswegen Constable Cook kaum in die Augen sehen.

»Kimmy ist nichts anderes als Frischfleisch für Brian«, sagte Becky gerade, die Constable Cook im Gegensatz zu Jodi offenbar längst wieder vergessen hatte. »Ich muss sie warnen. Das bin ich mir einfach schuldig – mir und allen Frauen, die jemals so etwas erlebt haben.« Sie sah wieder zur Theke und beobachtete Kimmy, die dabei war, Gläser abzutrocknen.

Sobald Brian hinter der Theke hervorkam und mit einigen Bieren durch den Gastraum schritt, drückte Becky Jodi ihr Billardqueue in die Hand.

»Jetzt, das ist der Moment«, flüsterte sie. Ohne Umschweife ging sie zur Theke, wo Kimmy gerade mit dem Rücken zum Gastraum stand und Gläser in ein Regal einräumte.

»Kimmy?«, sprach Becky sie an.

Das Mädchen mochte etwas jünger sein als Becky, hatte aber ebenso blonde Haare und eine hübsche Figur. Offenbar war das Brians Typ.

»Und?«, fragte Becky. »Wie ist der neue Job?«

Kimmy lächelte. »Super. Ich kann mich nicht beklagen.«

Becky lehnte sich ein Stück vor, näher zu Kimmy heran. »Hey, weißt du was? Bleib nie allein mit ihm.«

Kimmy blickte Becky verstört an.

»Ich meine, du sollst nie …«, machte Becky einen neuen Anlauf.

»Ach so. Nee, nee, schon gut. Ich weiß, was du willst«, fiel Kimmy ihr ins Wort. »Du willst den Job wiederhaben. Aber das kommt nicht in Frage, das ist jetzt mein Job.« Unmissverständlich gab sie Becky ein Zeichen zu verschwinden.

»Ich hoffe, du kommst drum herum«, murmelte Becky nur noch. Als Ablenkungsmanöver steuerte Becky zunächst die Toilette an. Warum hätte sie auf dem Weg dorthin nicht ein paar Worte mit ihrer Nachfolgerin wechseln sollen? Außerdem hatte sie das Gefühl, dass ihr ein wenig kaltes Wasser im Gesicht gut tun könnte. Drei-, viermal ließ sie das Wasser in ihre Hände laufen und spritzte es sich ins Gesicht. Dann öffnete sie die Augen und sah in den Spiegel.

Hinter ihr stand Brian.

Becky hatte ihren Vergewaltiger nicht kommen gehört und zuckte erschreckt zusammen. Am liebsten wäre sie weggelaufen, aber sie fühlte sich wie gelähmt.

Brian trat an sie heran. Sehr nah. Zu nah. »Ich habe nichts getan, was du nicht wolltest«, sagte er eindringlich.

Beckys Magen krampfte sich zusammen. Als Brian jetzt seine Hand hob und kurz eine von Beckys blonden Haarsträhnen berührte, hatte sie das Gefühl, keine Luft mehr zu bekommen. Seine Geste hatte keinerlei Zärtlichkeit.

»Vielleicht sollten wir es noch mal machen«, fuhr er fort. Er flüsterte, dennoch klang seine Stimme bedrohlich. »Ja, ich glaube, das ist eine gute Idee. Wir sollten es noch mal tun. Irgendwann. Wenn du mal ohne deine Freunde unterwegs bist und wir beide ganz allein sind …«

4. Kapitel

Nach dem Mittagessen hatten sich Tess und Sid nach draußen begeben und saßen nun in der Nähe des alten Tennisplatzes, mit Gebäck und Tee versorgt.

»Ach ja«, seufzte Sid und sah sich um. »Es hat sich wirklich vieles verändert.«

Tess lächelte etwas verständnislos, denn vor nicht allzu langer Zeit hatte er noch das genaue Gegenteil behauptet.

»Wissen Sie, ich glaube, ich sollte jetzt ein Bad nehmen«, meinte Sid versonnen.

Tess glaubte ihren Ohren nicht zu trauen und zog unwillkürlich ihre Augenbrauen in die Höhe. »Aber Sid, Sie haben doch schon gebadet.«

»Ach ja? Macht nichts. Ich bade gern. Ich liebe Schaum«, antwortete der alte Mann unbeirrt.

Mitten in dieser sich recht schwierig gestaltenden Unterhaltung ertönte Motorengeräusch, und kurz darauf fuhr Claire mit dem Pick-up auf den Hof. Sie hielt an, stellte den Motor ab und stieg aus.

Tess sprang auf. »Oh, Sid, ich glaube, ich sollte Sie jetzt

zurückbringen.« Sie machte ein paar Schritte in Richtung Hof, so dass Sid jetzt hinter ihrem Rücken saß und Claire ihn nicht sehen konnte.

»Ach, keine Eile!«, antwortete er versonnen. »Ich glaube, ich nehme Ihr Angebot an und bleibe ein paar Tage hier. Zuerst bade ich natürlich.«

Tess hörte nicht auf seine Worte, sondern war damit beschäftigt, eine einigermaßen glaubhafte Erklärung für Claire zu finden, die sicher nicht erfreut sein würde, den Einsiedler hier sitzen zu sehen. Sie drehte sich wieder zu Sid um und wäre bei dem sich ihr nun bietenden Anblick fast in Ohnmacht gefallen. Sid hatte seinen Gürtel gelöst und war drauf und dran, aus seiner Hose zu steigen.

»Oh, nein, nein. Ich finde, Sie sollten Ihre Kleider unbedingt anbehalten.« Damit fasste Tess Sids Hosenbund und zog ihn wieder hoch, bevor er noch weiter über die Knie nach unten rutschen konnte.

»Tess, ich weiß noch genau, wie es ist, in so einem Haus zu leben«, sagte Sid jetzt und sah sie eindringlich an. »Mit einem Kühlschrank, Elektrizität, einem Bad …«

Tess fühlte, wie ihr Herz bei diesen Worten weich wurde. Auch wenn Sid ein bisschen komisch war – er war ein gutherziger Alter und hatte lange Jahre für die McLeods gearbeitet.

»Sid, es … es geht nicht.« Es fiel Tess wirklich schwer, ihn so abzufertigen. Sid hingegen ließ sich nicht aus der

Ruhe bringen. »Na gut. Aber bekomme ich noch etwas Pudding, bevor ich gehe?«

»Von mir aus«, antwortete Tess. »Aber nur, wenn Sie jetzt wieder Ihre Hose anziehen.«

»Das ist wohl eine Hose von Dad?«, fragte Claire, die die beiden gerade entdeckt hatte, schlecht gelaunt. Jack McLeod war alles andere als dünn gewesen. Kein Wunder, dass Sid die Hose an- und ausziehen konnte, ohne den Knopf und den Reißverschluss zu öffnen. Nur der Gürtel hielt die Hose an seinem Körper.

»Hallo, Claire«, sagte Sid recht unsicher. Allein mit Tess schien er sich wohler gefühlt zu haben.

»Wie gehts meinen Schafen?«, fragte Claire unumwunden. »Schmecken sie dir?«

Sid schüttelte entrüstet den Kopf. »Ich weiß nichts von deinen Schafen, ich schwöre es dir.«

»Warum verschwindet dann immer mal wieder eins?«, forschte Claire nach.

»Was weiß ich denn?«, entgegnete Sid. »Wahrscheinlich durch die Aliens«, fügte er hinzu und ging nun zielstrebig voraus zu Tess' Auto. Anscheinend hatte er es plötzlich sehr eilig, vom Hof zu kommen.

Obwohl Terry und Meg sich nach dem Mittagessen verabredet hatten, war Meg um halb neun Uhr abends immer noch alleine, da Terrys Arbeit viel mehr

Zeit in Anspruch genommen hatte als geplant. Meg vertrieb sich die Zeit damit, sich zu pflegen. Sie hatte sich ihren kuscheligen weißen Bademantel angezogen und lackierte sich gerade die Zehennägel – was sie seit einer halben Ewigkeit nicht mehr getan hatte –, als Terry anrief und Meg noch mal um eine Stunde vertröstete.

»Kein Problem«, flötete Meg ins Telefon. »Ich freue mich auf später.« Verdammt!, dachte sie dann aber nach dem Auflegen und verwischte aus lauter Wut mit dem Finger einen frisch lackierten Nagel.

Um diese Zeit richtete man sich auf Drover's Run für das Abendessen her. Tess war noch dabei, das Badezimmer zu putzen und die Wanne zu schrubben, die sich nach Sids Bad in beklagenswertem Zustand befand, während Claire schon ihre Kochkünste unter Beweis stellte. Es sollte Tunfischauflauf geben, den sie bereits auf die Teller verteilt hatte. Über ihre eigene Portion kippte sie eine erhebliche Menge Ketchup.

Jodi betrachtete das Gericht mit Unbehagen. »Ich hätte nicht gedacht, dass Tunfischauflauf grau sein kann«, bemerkte sie skeptisch.

»Wieso?«, fragte Claire. »Tunfisch ist doch auch grau, wenn er aus der Dose kommt.«

»Ach so. Na, dann will ich mal probieren. Schmeckt bestimmt ...«, meinte sie und testete noch während des Redens eine Gabel des etwas merkwürdig aussehenden Auflaufs. Sobald sich der Geschmack im Mund entfaltet hatte, wurden ihre Augen jedoch plötzlich groß, und sie trank ihr Wasserglas in einem Zug leer. » … interessant«, beendete sie ihren Satz.

Jetzt kam Tess hinzu. »So, das Bad ist wieder in einem menschenwürdigen Zustand«, verkündete sie, setzte sich und begann ebenfalls mit dem Essen. Es schien ihr ganz ähnlich zu gehen wie Jodi, und sie war offenbar drauf und dran, die ersten Bissen des Auflaufs wieder auszuspucken.

Claire bemerkte ihr Würgen. »Ich habe nie behauptet, eine gute Köchin zu sein«, sagte sie trotzig. »Aber so schlecht ist es nicht.«

Hastig griff Tess nach den verschiedenen Würzflaschen, die in der Mitte des Tisches standen. »Nein, so schlecht ist es nicht«, bestätigte Tess. »Es ist einfach unterirdisch.«

»Was gäbe ich jetzt für Moms Aprikosenhuhn«, seufzte Jodi und legte resigniert die Gabel beiseite.

Mittlerweile zeigte die Uhr halb zehn, und Meg war mit dem Verwöhnprogramm und der Garderobe endlich fertig. Sie trug einen kurzen schwarzen Rock und ein tiefbraunes ärmelloses Top, hatte ihre Haare gefönt, ihre Fingernägel lackiert und Make-up aufgelegt. Jetzt hörte sie auf dem Flur vor ihrem Zimmer ein Pfeifen.

Das wird Terry sein, dachte sie erfreut und ging bereits zur Tür, um ihrem Freund zu öffnen. Doch im selben Moment klingelte das Telefon: Terry entschuldigte sich nun endgültig auch für den Rest des Abends, denn die erwarteten Cowboys waren noch immer nicht auf Killarney eingetroffen, so dass er einfach nicht wegkonnte. Erst am nächsten Abend hätte er Gelegenheit, sie zu besuchen, sagte er.

Terry spürte wohl Megs Verzagtheit, doch bevor er zu einer neuen Entschuldigung ansetzen konnte, beschwichtigte sie ihn schon. »Ich verstehe dich. Schade nur um die schöne Frisur, die ich mir gemacht habe. Aber vielleicht hält sie ja bis morgen Abend. Also – bis dahin.« Damit legte sie auf und ließ sich enttäuscht auf das Bett sinken.

Sie überlegte eine Weile und griff dann erneut zum Telefonhörer, um die Nummer von Drover's Run zu wählen. Es klingelte drei Mal, dann kam Jodi ans Telefon.

»Drover's Run, Jodi Fountain hier."

»Hallo, Jodi, ich bins, Meg«, antwortete Meg.

»Jodi!«, klang in diesem Moment Tess' Stimme aus dem Hintergrund. »Du sollst abtrocknen, nicht telefonieren!«

»Hallo, Mom, was gibts?«, fragte Jodi.

»Nichts, ich wollte nur hören, ob alles in Ordnung ist.«

»Ja, alles bestens« meinte Jodi, die schon wieder von Tess gerufen wurde.

»Jodi, du kannst mich nicht mit den tausend Töpfen, die Claire zum Kochen gebraucht hat, allein lassen!«

»Mom, du hörst ja, ich kann jetzt nicht. Ich habe zu tun.

Machs gut«, verabschiedete Jodi ihre Mutter, und bevor Meg noch einen Satz sagen konnte, legte sie wieder auf.
»Ich komme ja schon!«, rief sie genervt und schlenderte zurück in die Küche.

Am nächsten Morgen schlug die Stunde der Wahrheit, und zwar für die beiden Schafböcke, denen Claire die Gurte mit der Farbpatrone umgeschnallt hatte.

»Fünf, sechs, sieben, acht ...«, zählte Claire die blauen Streifen auf den Rücken der weiblichen Schafe.

» ... neun, zehn«, zählte ihre Schwester weiter und deutete auf zwei andere Schafe. »Mr. Blue hatte ja eine ziemlich heiße Nacht«, stellte sie fest. »Und was ist mit Mr. Pink?«, wandte sie sich dem zweiten Bock zu.

Mr. Pink stand reichlich dämlich und ziemlich unbeteiligt in einer Ecke des Geheges und schien sich nicht sonderlich für die beiden Schwestern zu interessieren.

»Kein Pink. Nicht der Hauch eines Streifens«, hielt Tess ihm vor. »Hast du etwas dazu zu sagen, oder wie erklärst du dir das?«

»Määäh«, machte Mr. Pink unbeeindruckt.

Während die beiden McLeod-Schwestern auf der Weide waren, gab Jodi sich alle Mühe, ein Frühstück zuzubereiten. Dichter Rauch erfüllte die Küche, als Claire und Tess zurückkamen.

»Um Himmels willen, Jodi! Was machst du da?« Ohne zu zögern stürzte Claire zum Herd und stellte den Topf, aus dem der Rauch quoll, so schnell sie konnte, ins Spülbecken.

»Ich kann eigentlich nur Spaghetti Bolognese kochen. Aber ich dachte, das mögt ihr nicht zum Frühstück. Darum wollte ich Eier zubereiten«, sagte Jodi entschuldigend.

»Du hättest nur etwas mehr Wasser nehmen müssen«, versuchte Tess sie zu trösten.

»Das habe ich wirklich nicht gewusst«, meinte Jodi ehrlich erstaunt.

»Fangen wir eben von vorn an«, meinte Tess fröhlich. Unzählig viele Frühstücke hatte sie während ihrer Hotelzeit zubereitet, und es war wirklich kein Hexenwerk gewesen. Sie ging zum Brotkasten - leer.

»Ich glaube, Mom backt immer abends Brot, bevor sie ins Bett geht«, versuchte Jodi den Zustand zu erklären.

Tess ging zum Eierkorb, der ebenfalls leer war.

»Ich glaube, die holt Meg immer morgens früh als Erstes aus dem Stall«, überlegte Claire.

»Tja, dann«, meinte Tess, »sollten wir das jetzt wohl auch tun.« Sie machte sich schon auf den Weg, als Jodi ihr hinterherrief: »Vergiss nicht das braune Huhn im Schafscherstall. Aber pass auf, das hackt. Dafür braucht man glatt einen Waffenschein!«

Zu Tess' großer Erleichterung zeigte sich das Huhn einigermaßen kooperativ. Es hackte nicht nach ihr, wollte sich aber auch nicht vom Nest fortbewegen, so dass Tess nur mit einiger Mühe das warme, glatte Ei unter dem Huhn hervorziehen konnte.

Beim Verlassen des Stalles machte sie aber eine so erstaunliche Entdeckung, dass ihr das erbeutete Ei vor Schreck wieder aus der Hand fiel. Im hinteren Teil, dort, wo bei der Schur die Wolle sortiert wurde, stand ein massives Möbelstück. Vier wuchtige Beine, ein Korpus aus massivem, glänzenden Holz und eine vertiefte Oberfläche aus grünem Filz ließen einen Billardtisch erkennen.

Tess musste keine Sekunde lang überlegen, woher der Billardtisch stammen könnte, wer sein Besitzer war, und wer ihn nach Drover's Run gebracht hatte - wie immer das auch vonstatten gegangen sein mochte.

Becky stand mittlerweile mit einer Tasse Kaffee in der Hand auf der Veranda und wartete wohl auf die restlichen Zutaten, die man so zum Frühstück brauchte.

In Gedanken fertigte Tess eine Liste von den Dingen an, die Becky im Lauf der Zeit aus Brians Pub entwendet hatte: Notizblöcke, ein Dartspiel, verschiedene Flaschen mit Spirituosen, Aschenbecher.

»Guten Morgen, Becky«, begann Tess. »Ich komme gerade aus dem Schafscherstall. Gibt es vielleicht irgendetwas, das du mir sagen möchtest?«

Becky schüttelte den Kopf. »Nicht, dass ich wüsste.«

»Meinst du, dass dir später noch etwas einfällt?«, forschte Tess weiter.

»Was soll ihr einfallen?« Claire stand plötzlich neben den beiden, ebenfalls mit einem Becher Kaffee in der Hand. »Oh, nein, das darf nicht wahr sein«, seufzte sie jetzt Mitleid erregend und deutete mit dem Kopf auf eine heruntergekommene Gestalt, die zielstrebig auf das Farmhaus zulief. Es war Sid, der offenbar die mehr als fünfzehn Kilometer von seiner Hütte bis hierher zu Fuß gegangen war.

»Er scheint uns zu mögen«, bemerkte Tess gerührt.

»Er ist verrückt«, korrigierte Claire ihre Schwester. »Er wird denselben Weg zu Fuß zurückgehen müssen.«

»Guten Morgen allerseits«, begrüßte Sid die Frauen. »Hier, die sind für euch«, sagte er dann und reichte Tess zwei tote, ausgenommene Kaninchen, die er an den Hinterläufen zusammengebunden hatte.

»Oh, vielen herzlichen Dank«, jubelte Tess.

»Übrigens, Claire«, fuhr Sid an Jacks ältere Tochter gewandt fort, »dieser eine Schafsbock, du weißt schon, der, dem du dieses Ding mit der rosa Farbe umgebunden hast – das ist ein fauler Hund.« Sid lächelte viel sagend und zeigte dabei sein recht löchriges Gebiss. »Der macht seinen Job nicht, wenn du weißt, was ich meine …«

»Oh, ich verstehe«, versicherte Claire. »Danke für die

Nachricht.« Ihre Stimme klang so kühl, dass jeder andere Besucher sich umgedreht hätte und gegangen wäre. Sid aber blieb stehen und sah Claire forschend an.

»Gibt es noch etwas?«, fragte Claire. »Willst du noch ein Hemd? Oder Pudding?«

»Nein, nein.« Sid hatte jetzt seinen Hut abgenommen. Ein Zeichen dafür, dass er Claire durchaus Respekt entgegenbrachte. »Ich habe da gestern Abend etwas gesehen. Lichter.«

»Ach, wirklich.« Claire schob eine Hand in ihre Hosentasche. Mit der anderen hielt sie ihre Tasse. »Blinkende Lichter vielleicht?«

»Ja, ganz richtig«, antwortete Sid zustimmend. »Höchst merkwürdig blinkende Lichter! Ich habe mich ein Stück näher herangepirscht«, fuhr er dann fort. »Und weißt du, wen ich gesehen habe?«

Claire sah Sid genervt an. »Die Aliens.«

»Bist du verrückt?« Empört wies Sid Claires Einwurf zurück. »Keine Aliens. Aber Gary, den Burschen, der früher hier gearbeitet hat. Er war zu Pferd mit ein paar anderen Cowboys unterwegs.«

»Was?«, stieß Tess aus. »Warum haben Sie das denn nicht gleich gesagt?«

Sid lächelte Tess hilflos an. »Wer einmal behauptet, Außerirdische gesehen zu haben, dem glaubt man so schnell nicht mehr.«

Nachdem Sid sich wieder verabschiedet hatte, folgte Tess ihrer Schwester in die Küche. »Was sagst du jetzt?«, fragte sie, während sie die toten Kaninchen angewidert von sich fern hielt.

»Ich weiß, dass Gary ein Dieb ist«, antwortete Claire. »Ich habe es am eigenen Leib zu spüren bekommen. Damals, mit dem Benzin.«

»Am besten, wir rufen gleich Constable Cook an«, schlug Tess vor.

»Unfug!«, bemerkte Claire trocken. Sie nahm Tess die Kaninchen ab und legte sie mit Fell und Pfoten in den Kühlschrank. »Was sollen wir ihm denn sagen? Bisher haben wir nichts gegen Gary in der Hand. Und es ist nicht verboten, nachts an einem Grenzzaun spazieren zu reiten.«

»Aber das war doch mit Sicherheit kein Spaziergang«, erwiderte Tess. »Er hat uns ausgekundschaftet. Wir sind seine nächsten Opfer.«

Claire strich sich die Haare aus dem Gesicht. »Die Polizei kann niemanden vorsorglich festnehmen, man muss sie schon auf frischer Tat ertappen. Allerdings hat Joe Cook sicher Besseres vor, als auf einer Weide zu kampieren und zu hoffen, dass die Schurken auftauchen.«

»Und wenn wir es an seiner Stelle tun?«, gab Tess zurück. »Wenn wir uns heute Nacht auf die Lauer legen?«

»Tess!«, sagte Claire ironisch. »Du hast doch wirklich immer noch die besten Ideen!«

Einige Stunden später bereute Claire es ein wenig, dass sie den Vorschlag ihrer Schwester im ersten Moment so abgetan hatte. Nur kurz darauf war ihr nämlich bewusst geworden, dass Tess vielleicht doch Recht haben könnte. Es war ihr schwer gefallen, das zuzugeben, aber nun saßen Claire, Tess, Becky und Jodi zusammen auf einer der Rinderweiden in der Nähe des Grenzzauns. Vor den Frauen lag eine Nacht unter freiem Himmel.

»Ganz ehrlich, Claire«, seufzte Jodi, mit dem Rücken an Becky gelehnt. Sie hatte sich bereits mehrfach über eingeschlafene Beine und einen kalten Hintern beschwert. »Ich glaube, das war eine blöde Idee. Es ist saukalt, und wir können noch nicht mal ein Feuer anzünden.«

Claire zuckte mit den Schultern. »Ich stimme dir vollkommen zu – was die Kälte und das Feuer angeht.«

»Und wenn die Diebe nicht kommen?«, moserte Jodi weiter.

Claire atmete tief durch. Sie lehnte ihren Oberkörper nach hinten, stützte sich mit den Ellbogen auf und lehnte den Kopf in den Nacken. Der Himmel war klar und voller Sterne. »Seitdem ich ihn rausgeworfen habe, hasst Gary mich. Er ist meinen Grenzzaun abgeritten und wird wiederkommen; ganz bestimmt«, versprach sie mit Entschiedenheit.

Wieder hatte Meg den ganzen Tag allein im Hotelzimmer verbracht. Terrys Erscheinen zögerte sich durch unerwartete Komplikationen bei dem Viehtrieb schon wieder hinaus. Wie auch am Abend zuvor, hatte Meg sich heute wieder hübsch gemacht – weil Terry nun jeden Moment kommen musste.

Endlich klopfte es an der Tür. Erwartungsvoll sprang Meg auf und öffnete – doch es war Brian, der vor ihr stand.

»Ich habe eine Nachricht von Terry«, sagte er fast ein wenig verlegen. »Er hat gesagt, ich soll sie persönlich überbringen. Er … er entschuldigt sich. Die Sache mit dem Viehtrieb kommt einfach nicht voran, darum schafft er es nicht. Er sagt, er käme nächste Woche zu Ihnen.«

Meg hatte jetzt wirklich Mühe, sich ihre Enttäuschung nicht anmerken zu lassen. Zwei Tage lang hatte sie sich auf Terry und einige ungestörte Stunden mit ihm gefreut. Und jetzt sollte nichts daraus werden?

»Oh, danke, Brian. Danke, dass Sie mich gleich benachrichtigt haben«, brachte sie aber beherrscht heraus.

Hinter seinem Rücken hatte der Inhaber des Pubs eine Flasche Sekt versteckt, die er nun hervorzog. »Sie haben die Hochzeitssuite gebucht. Deswegen steht Ihnen eine Flasche Sekt zu.«

»Na ja«, meinte Meg lachend und nahm die Flasche entgegen. »Die nützt mir jetzt ja nicht allzu viel.«

Obwohl Meg die Flasche schon am Hals gepackt hatte, hielt Brian sie merkwürdigerweise noch immer an ihrem Bauch fest. Erst nach einigen Augenblicken ließ er wieder los.

»Ist es denn hier auch warm genug?«, fragte er dann und trat unaufgefordert ins Zimmer.

Einen kurzen Moment fühlte Meg ihren Puls in die Höhe schnellen. Ungewollt kamen ihr Beckys angebliche Erlebnisse mit dem Besitzer des Pubs in Erinnerung, obwohl sie den Erzählungen des Mädchens nie so recht geglaubt hatte. Schließlich kannte sie Brian seit Jahren, und mit Beckys Ruf war es nicht zum Besten bestellt gewesen, bevor sie nach Drover's Run gekommen war.

Als Meg jedoch sah, dass Brian sich tatsächlich nur am Heizkörper zu schaffen machte, beruhigte sie sich ein wenig. Brian richtete sich schon wieder auf und ging zurück zur Tür. »Sonst alles in Ordnung?«, erkundigte er sich, während sein Blick wohlgefällig über Megs Körper glitt.

Sie spürte wieder diese unbestimmte Nervosität in sich aufsteigen. »Ja, alles klar.«

»Brauchen Sie noch etwas?«, forschte Brian weiter.

»Nein. Aber vielen Dank, dass Sie nachgefragt haben.«

Brian wendete noch immer nicht seinen Blick von ihr ab. »Sie sind eine attraktive Frau, Meg«, begann er jetzt und setzte eine Genießermiene auf. »Wenn ich nicht verheiratet wäre ...«

Meg hatte nur noch einen Gedanken: So schnell wie möglich raus hier! Um Hilfe rufen! Aber das hätte möglicherweise die Situation noch verschlimmert. »Sie sind aber verheiratet, Brian«, antwortete sie daher so kontrolliert wie möglich. Sie rang sich sogar ein verschwörerisches Lächeln ab.

Brian grinste geschmeichelt. »Aber es ist doch schade um den Sekt«, meinte er. »Und ich habe nachher ein Stündchen Zeit.«

Meg lächelte noch immer. »Brian!«, sagte sie im Ton einer nachsichtigen, dennoch strengen Lehrerin. »Jetzt aber raus hier!«

Tatsächlich verließ Brian nun Megs Zimmer. »Falls Sie mich irgendwie brauchen«, flüsterte er ihr im Rausgehen zu, »ich bin in der Bar.«

Meg schloss die Tür hinter ihm, zog leise und behutsam einen Stuhl heran und stellte ihn mit der Rückenlehne unter die Klinke. Dann ließ sie sich auf die Sitzfläche sinken und atmete erst einmal tief durch.

Allmählich wurde es auf der Weide zusehends kälter. Da sie kein Feuer anzünden konnten, rückten die Frauen in ihren Decken möglichst eng zusammen. Tess wurde immer mehr an alte Pfadfinderzeiten erinnert und konnte sich auch schlagartig entsinnen, warum sie damals ausgetreten war.

Das Gespräch war wieder auf die Viehdiebstähle gekommen. »Egal, um welche Form von Diebstahl es geht«, machte Claire ihren Standpunkt klar. »Ich habe dafür kein Verständnis.«

»Manchmal geschieht es ja als Vergeltung«, meinte Becky. »Wenn dir einer etwas abnimmt, dann kannst du es doch bei ihm genauso tun.«

»Hast du denn noch nie etwas geklaut, auch früher nicht?«, erkundigte Tess sich jetzt bei ihrer Schwester.

Claire sah ihre Schwester entrüstet an. »Natürlich nicht.«

»Noch nicht mal Äpfel vom Baum?«, hakte Tess nach.

»Mundraub ist doch sowieso etwas ganz anderes«, warf Jodi ein.

»Mundraub oder nicht«, beharrte Claire. »Man eignet sich nicht fremder Leute Gut an. Diebstahl bleibt Diebstahl.«

Tess holte tief Luft. »Wie ist es denn zum Beispiel mit diesem Land hier? Hat es schon immer den McLeods gehört?«

»Natürlich«, antwortete Claire voller Überzeugung. »Was denkst du denn?«

»Schon seit 40.000 Jahren? Dann sind wir also Aborigines?«

Claire atmete hörbar aus. »Okay. Das Land hat nicht immer den McLeods gehört, und ich habe als Kind mal eine Briefmarke gestohlen.«

Die anderen jubelten unterdrückt, und Tess gab immer noch nicht nach. »Jetzt musst du die Geschichte aber auch erzählen!«

Zunächst widerwillig, schließlich aber doch selbst amüsiert berichtete Claire nun, wie sie einer der größten Streberinnen des Internats, das sie mal für kurze Zeit besucht hatte, eine Briefmarke mit einem Rind darauf gestohlen hatte. Und dass sie ganz ehrlich bis heute kein bisschen Reue darüber verspürte.

»Da siehst du es«, lachte Becky leise triumphierend auf. »Es kommt eben ganz darauf an, weswegen man es tut.«

Claire sah in den sternenübersäten Himmel hinauf und dachte nach. Eigentlich konnte sie Beckys Sichtweise nicht zustimmen, aber solange sie ihren eigenen Fehler – und das war der Diebstahl aus ihrer heutigen Sicht – nicht behoben hatte, durfte sie sich nicht zu weiteren Grundsatzreden aufschwingen.

Noch bevor Claire Becky jedoch widersprechen konnte, vernahm sie das sanfte, gleichmäßige Atmen aller Zuhörerinnen und merkte plötzlich, wie müde sie selbst war.

Waren Stunden vergangen, oder war sie nur kurz eingenickt? Das Geräusch eines Wagens ließ Claire aufschrecken, und erst jetzt merkte sie, dass alle fest eingeschlafen waren. Es wurde bereits hell, und so konnte sie einen Lieferwagen erkennen, der gerade über die Weide fuhr und dessen Transportfläche mit Schafen beladen war.

»Da sind sie, die Viehdiebe! Aufwachen!«, rief Claire den anderen unterdrückt zu. »Los, auf die Pferde!«

So schnell sie konnten, sprangen die Frauen in die Sättel, aber der Wagen entfernte sich bereits.

»Wir reiten hier lang!«, rief Claire und deutete in eine Richtung im rechten Winkel zur Route, die der Wagen eingeschlagen hatte. »Und dann schneiden wir ihnen den Weg ab.«

In halsbrecherischer Geschwindigkeit jagten die Frauen über die Weide. Ihre Haare flogen im Wind, und ihre Körper bewegten sich im raschen Rhythmus zum Galopp der Pferde.

Schon bog der Wagen mit den Schafen auf die Straße, die zwischen den Weiden verlief, als auch Claire und ihre Mitstreiterinnen den Fahrstreifen erreichten. Claire lenkte ihr Pferd in die Richtung, aus der der Wagen kommen musste, und zückte ihr Gewehr. Die anderen taten dasselbe.

»Claire!«, rief Tess ihrer Schwester aufgeregt zu. »Ich kann doch gar nicht gut schießen.«

»Das werden Gary und seine Leute kaum wissen«, gab Claire gelassen zurück.

Nur kurze Zeit später standen sich die Frauen und der Lieferwagen, gesteuert von Claires ehemaligem Cowboy und mit seinen Komplizen als Beifahrern, gegenüber.

Betont lässig stieg Gary aus und kam auf die Frauen zu, gefolgt von seinen Mitstreitern. Claire, Tess, Jodi und

Becky hatten mittlerweile die Gewehre angelegt und zielten auf die Viehdiebe.

»Miss McLeod«, sagte Gary überlegen und kaute gelassen auf seinem Kaugummi herum. »Gehen Sie aus dem Weg. Sie werden uns nicht aufhalten können.«

Claire rührte sich ebenso wenig wie die anderen Frauen.

»Wollen Sie uns etwa erschießen?«, fragte Gary belustigt. »Wegen ein paar lumpiger Schafe? Damit haben Sie vor Gericht schlechte Karten.«

Als Antwort lud Claire ihr Gewehr durch. Sie zielte und drückte ab. Die Kugel gellte durch die Luft, und Sekundenbruchteile später erklang das Geräusch entweichender Luft. Der linke Vorderreifen des Wagens sackte in sich zusammen. Claire lud noch einmal, schoss – und der rechte Vorderreifen war ebenfalls platt.

Gary drehte sich kurz nach dem Wagen um. Als er wieder zu Claire sah, waren seine Augen schmal und hasserfüllt. »Das haben Sie nicht umsonst getan«, sagte er wütend und ging auf Claire zu. Doch eine weitere Kugel aus ihrem Gewehr traf gerade noch rechtzeitig Garys Hut und schleuderte ihn, ebenso wie den Cowboy, zu Boden.

Eine seltsame Prozession bewegte sich an diesem frühen Morgen die sandige Straße hinab, an deren Spitze sich Gary und die anderen beiden Viehdiebe befanden. Gary war von Claires Kugel durchaus nicht verletzt worden, hatte aber anscheinend begriffen, dass Claire bereit war, ihm zumindest ins Bein zu schießen, um ihn an der Flucht zu hindern. Von Zeit zu Zeit warf er wütende Blicke auf die Frauen, die hinter den Männern herritten.

»Schön nach vorn gucken!«, flötete Claire dann und trieb ihr Pferd ein wenig an, so dass Gary und seine Kumpane in eine Art Schweinsgalopp verfielen.

Tess, Jodi und Becky ritten hinter Claire. Sie hielten die Läufe ihrer Gewehre in die Höhe und balancierten darauf, wie beim Jonglieren im Zirkus, die Hüte der Viehdiebe.

»Ich finde, die Farbe steht ihnen gut. Sie schmeichelt dem Teint«, stellte Jodi fachmännisch fest und deutete mit dem Kopf auf die Schöpfe der Männer, die in einem satten Pinkton leuchteten. Claire hatte die Kartusche, die für Mr. Pink gedacht war, zufällig noch in der Jackentasche gehabt. Im Gegensatz zu seinem Kollegen Mr. Blue hatten sie seine Farbpatrone nach der ersten Nacht ja nicht auswechseln müssen.

»Ist es nicht vielleicht ein bisschen gewagt?« Tess ging dieses Spielchen ein wenig zu weit.

»Es ist einfach mal etwas anderes«, versuchte Becky jedoch die Sache auf den Punkt zu bringen.

Was Meg an diesem Morgen vorfand, als sie auf die Farm zurückkehrte, glich einer mittleren Katastrophe - oder einem Erdbeben, dessen Epizentrum in der Küche gelegen haben musste. Oder eben der Explosion einer Galaxis aus verbranntem Toast, schwarz verkohlten Eiern und toten Kaninchen, die mit Fell und Pfoten im Kühlschrank lagen.

Trotzdem - sie war froh, wieder auf Drover's Run zu sein. Und auch wenn ihr Aufenthalt in Gungellan weder wirklich erholsam noch unterhaltend gewesen war - ein aufschlussreiches Erlebnis war er allemal.

Als Claire, Tess, Becky und Jodi zurückkehrten, hörte Meg mit Staunen von der erfolgreichen Jagd auf die Viehdiebe. Was allerdings hinter dem albernen Kichern und dem Gerede von unkonventionellen Haartönungen steckte, war ihr ein Rätsel.

Senior Constable Cook war am Nachmittag zur Farm gekommen und berichtete nun, dass Anzeige gegen die Viehdiebe erstattet worden war. Man wartete darauf, dass ein Richter eine Kaution festsetzte, gegen die sie aus der Untersuchungshaft freikommen konnten.

Sie standen gemeinsam auf der Veranda, und Claire lauschte dem Bericht des Constables mit sichtlicher Zufriedenheit.

»Und jetzt verraten Sie mir bitte noch eins«, bat Cook, nachdem er geendet hatte. »Warum haben Sie den Männern die Haare gefärbt?«

Zu gern hätte Claire ihm geantwortet, dass ein sexuell enthaltsamer Schafbock der Grund dafür war. Stattdessen aber sagte sie: »Weil ich finde, dass es jedem, der einen solchen Diebstahl begeht, sowieso die Schamesröte ins Gesicht treiben müsste. Und ich hatte zufällig die nötige Farbe dabei.«

»Aha. Verstehe«, antwortete Constable Cook, vorsichtig und nicht allzu überzeugt. »Übrigens, da wäre noch etwas«, wechselte er das Thema. »Im Pub in Gungellan fehlt ein Billardtisch. Brian Cronin meint, er wäre vielleicht hier zu finden.«

Claire sah Cook verständnislos an. »Ein Billardtisch? Was sollen wir denn hier draußen mit einem Billardtisch?«

Bei dem Wort Billardtisch war Tess unwillkürlich zusammengezuckt. Hatte Becky in der letzten Nacht nicht gesagt, dass Diebstahl als Vergeltung in Ordnung sei? Und hatte sie nicht im Schafscherstall einen Billardtisch entdeckt, dessen Herkunft sie sich absolut nicht erklären konnte?

»Ein Billardtisch«, wiederholte Claire noch einmal kopfschüttelnd. »Aber bitte, Sie können sich gern danach umsehen.«

Mit einem eleganten Sprung stand Tess, die sich bislang im Hintergrund gehalten hatte, plötzlich vor dem Constable. »Ich glaube nicht, dass Constable Cook das für nötig hält«, sagte sie.

Claire verschränkte die Arme und sah ihre jüngere Schwester auffordernd an. »Kann der Constable das vielleicht selbst entscheiden?« Ihr Blick wanderte zu dem Cop.

»Also, wenn ich schon mal hier bin …«, entschuldigte sich Cook fast.

»Bitte!«, sagte Claire und führte den Polizisten zum Stall. Tess, Jodi und Becky folgten den beiden in einigem Abstand.

»Becky?« Meg hielt das junge Mädchen im letzten Augenblick zurück. »Ich denke, du solltest Joe Cook die Wahrheit sagen. Brian ist ein Widerling, und du solltest ihn endlich anzeigen wegen dem, was er dir angetan hat.«

Becky sah Meg traurig an. »Das ist leicht gesagt«, meinte sie.

Inzwischen hatten Claire und Cook den Schafscherstall erreicht, und Claire machte das Licht an. »Sehen Sie sich um. Hier gibt es nur ein paar zänkische Hennen, die diesen Stall als ihre Eigentumswohnung ansehen. Billardtische …« – haben wir hier nicht, hatte sie den Satz beenden wollen, den sie nun schleunigst hinunterschluckte. Im hinteren Teil des Stalles, dort wo nach der Schur die Wolle sortiert wurde, stand, von ein paar alten Säcken verhängt, ein prächtiger, massiver Billardtisch.

Beinahe andächtig nahm Constable Cook seine Mütze ab und schritt auf den Billardtisch zu. »Ich … äh … ich werde Brian wohl sagen müssen …«

In diesem Moment trat Becky vor den Constable. »Ich

… ich kann das … ich kann das erklären«, stotterte die junge Frau verlegen. »Es fällt mir nicht leicht …« Mit zittriger Stimme sah sie sich Hilfe suchend nach Meg um. Zustimmung signalisierend senkte Meg die Augenlider.

Cook sah Becky mit einem merkwürdigen Blick an, während sein Hirn auf Hochtouren lief.

Becky versuchte schon einen neuen Anlauf, als der Constable ihr zuvorkam. »Ich werde Brian wohl sagen müssen«, sagte er langsam, dann machte er eine Pause und überlegte noch einmal, »… dass ich nichts gefunden habe.« Er setzte die Mütze auf, tippte mit zwei Fingern an den Schirm und verließ den Stall.

Claire stemmte die Hände in die Hüfte und sah ihre Mitbewohnerinnen auf Drover's Run der Reihe nach an. Bevor sie aber etwas sagen konnte, machten Jodi, Becky und Tess sich schon eiligst aus dem Staub, und Meg machte durch eine unmissverständliche Geste deutlich, dass sie ihre Hände ohnehin in Unschuld wusch.

Es war bereits später Nachmittag, als Tess in den Pick-up stieg, um Sid zu besuchen. Als sie ankam, war von dem alten Mann zunächst nichts zu sehen. Allerdings erkannte sie sofort die sterblichen, sicherlich durchaus schmackhaften Überreste von Mr. Pink. Sie hingen neben dem Schaffell, das Sid abgezogen hatte, und neben dem Gurt mit der pinkfarbenen Kartusche.

Bisher hatte man nur davon gehört, dass man beim Sex einen Herzinfarkt bekommen kann, schoss es Tess durch den Kopf. Aber mit zu viel sexueller Enthaltsamkeit wird man eben auch nicht alt.

Noch bevor Tess am Eingang der Hütte ankam, trat Sid ihr entgegen. »Oh, hallo, Tess!«, begrüßte sie der Einsiedler freundlich.

Tess deutete auf den gehäuteten Mr. Pink. »Sid, das muss aufhören«, sagte sie eindringlich. »Das ist Diebstahl.«

Sid grinste verlegen. »Der Mensch muss essen. Und wenn er sowieso ein fauler Hund war …«, antwortete er mit einer Kopfbewegung auf das abgezogene Schaf.

Tess ließ das Thema auf sich beruhen. Vermutlich würde Sid ihre Worte im nächsten Moment ohnehin wieder vergessen haben. »Wir haben die Viehdiebe gestellt«, erklärte sie stattdessen und holte gleichzeitig eine Flasche Brandy hinter ihrem Rücken hervor. »Hier, habe ich für ihre Lammsteaks mitgebracht.«

Auf Sids Gesicht erschien ein Leuchten. »Oh«, meinte er hocherfreut, öffnete die Flasche und roch daran. »Den werde ich mit Jack trinken, wenn er das nächste Mal vorbeikommt.«

Tess lächelte nur und nickte. »Tun Sie das«, bestätigte sie den Alten und klopfte ihm auf die Schulter. Dann stieg sie in den Pick-up und fuhr zurück zur Farm.

Vielleicht war es ja wirklich so, überlegte sie auf der Heimfahrt. Vielleicht kam Jack von Zeit zu Zeit nachts bei seinem alten Freund Sid vorbei - und stieg aus einem Raumschiff mit blinkenden Lichtern.

5. Kapitel

Claire passte es nicht wirklich, dass ein gestohlener Billardtisch in ihrem Schafscherstall stand. Dennoch wollte sie vorerst nicht auf der Entfernung des Tisches bestehen.

Das, was Brian Becky genommen hatte, war mit einem Billardtisch längst nicht wieder gutzumachen. In dieser Hinsicht musste Claire dem Mädchen sogar zustimmen, dass ein Diebstahl zur Vergeltung einen anderen Stellenwert hatte als ein Diebstahl, aus dem der Täter Kapital schlug.

Außerdem waren die Ryans schon für den nächsten Abend zu einer gemütlichen Billard-Partie eingeladen worden, und nach einigem Zögern beteiligte sich auch Claire an dem Spiel.

Und schließlich, so dachte sie, hatte sie keinen Grund, den Moralapostel zu spielen, wenn sie selbst noch im Besitz der Briefmarke war, die sie ihrer Erzfeindin Melissa damals im Internat geklaut hatte. Doch genau das wollte Claire schnellstens ändern: An einem der folgenden Abende setzte sie sich deshalb an den Schreibtisch, recherchierte im Internet Melissas Adresse und schickte ihr die Briefmarke kurzerhand per Post zurück.

Mittlerweile war ein Termin immer näher gerückt, den Claire schon lange im Kalender vermerkt hatte: ein zweitägiges Seminar über künstliche Befruchtung bei Pferden. Claire war fest entschlossen, sich, sobald sie über die entsprechenden finanziellen Mittel verfügte, einen Traum zu erfüllen – den Aufbau eines neuen Zuchtprogramms nämlich. Dieser Zeitpunkt war zwar derzeit noch nicht absehbar, aber sie wollte wenigstens die nötige Vorbildung besitzen, um dann gleich loslegen zu können.

Auch Alex Ryan nahm an dem Seminar in dem kleinen Ort Fisher teil, der von der Farm noch etwas weiter entfernt lag als Gungellan. Alex hatte versprochen, Claire mit seinem Wagen abzuholen, damit sie gemeinsam dorthin fahren konnten. Während Claire mit Kofferpacken beschäftigt war, saß Tess auf Claires Bett und beruhigte ihre Schwester.

»Wirklich, Claire, du musst dir keine Sorgen machen«, sagte sie. »Du kannst ganz sicher sein, dass ich deinen Job gut erledigen werde.«

Claire verzog die Mundwinkel zu einem nachsichtigen Lächeln. »Das ist aber überhaupt nicht nötig. Morgen Abend bin ich wieder da. Wenn ihr bis dahin die Routinearbeiten erledigt, reicht es völlig aus. Ansonsten ist mein Tipp: Lehnt euch zurück und tut so, als ob Sonntag wäre.«

»Es ist aber Mittwoch«, antwortete Tess und beobachtete, wie Claire ihre Klamotten etwas wahllos und vollkommen ungefaltet in den Koffer stopfte. »Ich glaube, du traust mir nichts zu«, meinte sie und setzte sich auf den Koffer, damit Claire den Deckel schließen konnte.

In diesem Moment hupte es auf dem Hof. »Oh, ist das schon Alex?«

Claire warf einen Blick aus dem Fenster. »Nein, es ist Bob«, antwortete sie der Schwester. »Magst du Überraschungen?«, fragte Claire dann mit einem geheimnisvollen Lächeln und lief die Treppe hinunter in die Küche.

Bob, der Postbote, nahm bereits einen kleinen Imbiss zu sich, was er sehr häufig tat, wenn er Drover's Run besuchte. Er deutete auf den Karton, der auf dem Küchentisch lag. »Stand gestern noch in Fisher im Regal«, berichtete er stolz. »Innerhalb von vierundzwanzig Stunden geliefert.«

Tess warf ihrer Schwester einen kurzen Blick zu, dann packte sie das Paket aus. Es enthielt ein Paar wundervoller, knöchelhoher Lederstiefel. Genau die Sorte, die auch Claire zur Arbeit trug. »Oh, Claire, die sind wundervoll!«, jubelte sie. Tess roch kurz an den Schuhen, die einen intensiven Duft nach Leder verströmten, und nahm ihre Schwester dann in die Arme.

»Ich dachte, damit fällt es dir leichter, dich … dich wie der Boss zu fühlen«, erklärte Claire mit einem Grinsen.

Jetzt hupte es erneut auf dem Hof. Diesmal war es wirklich Alex, der Claire abholen wollte.

»Ich bin weg«, rief Claire voller Vorfreude den anderen zu. »Bis morgen!«

Tess hielt ihre Stiefel auf Augenhöhe, dann schlug sie ein paar Mal mit der Sohle gegen ihre Handfläche. »Richtig kernige Arbeitsstiefel«, stellte sie fest. »Für Frauen, die zur Chefin geboren sind.«

Es war ausgemacht, dass Becky mit Bob nach Gungellan fuhr. Der Pick-up war dort in der Werkstatt gewesen und konnte jetzt wieder abgeholt werden. Zwar musste Bob unterwegs noch die Post austragen, was ein wenig Zeit in Anspruch nehmen würde, aber es war für Becky die einzige Möglichkeit, überhaupt in die Stadt zu kommen.

Bob und Becky waren bereits aufgebrochen. Zuvor bekam Tess in der Küche aber von Bob noch einen Geheimtipp zum Gebrauch der neuen Stiefel zu hören. Der Mann war wirklich sympathisch, aber er redete eindeutig zu viel, so dass Meg die Zeit nutzte, um dem Hofhund Roy ein paar Knochen vom gestrigen Abendessen nach draußen zu bringen.

Jetzt kam Jodi in die Küche, setzte sich an den Tisch und goss sich ein Glas Saft ein. »Die Tränke ist fertig«, sagte sie zufrieden. »Das war es dann also für heute.«

Meg sah ihre Tochter überrascht an. »Wie bitte?«

»Na, Claire ist doch nicht da. Und ich dachte, deswegen haben wir heute frei. Ich wollte mir einen schönen Tag mit Sean-Penn-Videos und Nachos machen.«

»Das wirst du wohl mit Tess besprechen müssen«, meinte Meg nur. »Denn sie hat heute das Sagen.«

Als hätte sie Megs Worte gehört, trat Tess sogleich an den Frühstückstisch, bekleidet mit ihren neuen Stiefeln. »Also«, begann sie noch etwas unsicher. »Wenn ihr fertig gefrühstückt habt, sollten wir zusammen den Tagesablauf besprechen.«

»Machen wir«, antwortete Meg. »Du bist der Boss.«

Tess sah etwas verlegen zu Boden. Ihr Blick fiel auf Roy, der die abgenagten Knochen offenbar irgendwo verbuddelt hatte und sich jetzt wohlig auf der Küchenschwelle räkelte.

»Roy!«, schrie Tess ihn an. »Raus hier, raus aus der Küche.«

Roy grunzte und gähnte, drehte sich auf die andere Seite und rollte sich zusammen.

Tess stutzte kurz, dann machte sie einen großen Schritt über ihn hinweg und verließ die Küche.

Meg sah ihr nach. »Viel Spaß beim Reinwachsen in die neuen Stiefel«, sagte sie leise.

Als Meg und Jodi mit dem Frühstück fertig waren und die Küche in einem annehmbaren Zustand war, wollten die beiden mit Tess den Tagesablauf besprechen, die aber nirgends zu finden war. Nach längerer Suche auf dem Hof gingen sie wieder ins Haus und hörten plötzlich ein ungewöhnliches Plätschern im Bad. Sie gingen dem Geräusch nach und entdeckten Tess, mit den Stiefeln in der Badewanne stehend, die etwa eine Handbreit mit Wasser gefüllt war.

»Wer … wer hat dir denn den Tipp gegeben?«, fragte Jodi fassungslos. »Ist das eine spezielle Form dieser komischen Kur aus Europa? Kneipp-Kur, oder wie die heißt? Ich dachte, das macht man ohne Schuhe?«

»Nein«, sagte Tess, ohne ihr Wassertreten zu unterbrechen. »Bob hat mir den Tipp gegeben. Er sagt, danach passen die Stiefel wie angegossen.« Zur Bestätigung plätscherte sie besonders laut mit dem Wasser.

»Ah. Verstehe«, meinte Meg.

»Also«, begann Tess nun ganz Chefin. »Wichtig ist, dass jeder sagen kann, was seiner Ansicht nach getan werden muss. Und dann überlegen wir zusammen, was das Wichtigste ist, und was warten kann. Jodi, du warst doch heute Früh schon draußen. Ist dir etwas Besonderes aufgefallen?«

»Nein«, antwortete das Mädchen. »Das heißt, unten am Fluss haben ein paar Schafe Fliegenbefall …«

»Aha!«, machte Tess begeistert. »Dann wissen wir ja, was wir zu tun haben. Wir sollten sie auf der Stelle behandeln.«

Meg und Jodi rissen die Augenbrauen in die Höhe.

»Tess, weißt du, wie viel Arbeit das ist?«, stieß Jodi aus.

»Die Tiere müssen hierher getrieben werden. Dann muss man ihnen die Zotteln schneiden, und dann erst kann man sie behandeln«, wandte Meg ein. »Wir sollten damit bis morgen warten, wenn Claire wieder hier ist.«

»Dann werden aber in der Zwischenzeit noch mehr Tiere befallen«, stellte Tess fachmännisch fest.

»Mag sein. Aber ich habe im Haus zu tun, und nur zu zweit – das schafft ihr nicht«, versuchte Meg Tess noch einmal umzustimmen. »Wir sollten wirklich warten, bis ...«

Aber Tess stieg schon aus der Wanne. »Na, so ein paar Schäfchen – das schaffen wir doch im Handumdrehen. Nicht wahr, Jodi?«

Jodi sah ihre Mutter hilflos an, während Tess mit ihren nassen Stiefeln bereits die Treppe hinuntertrappelte.

»Sie ist der Boss«, bemerkte Meg und bedeutete damit ihrer Tochter, dass sie sich wohl Tess' Willen fügen mussten.

Nicht zum ersten Mal trieb Tess Schafe zusammen. Sie merkte aber schon bald, dass diese Arbeit mit Jodi allein sehr viel schwieriger war. Allmählich dämmerte ihr, warum Meg und Jodi so wenig Begeisterung für den heutigen Tagesplan entwickelt hatten. Aber gerade in ihrer neuen Rolle als Chefin konnte Tess sich jetzt keine

Blöße geben und eingestehen, dass das Unternehmen für zwei Personen vielleicht doch etwas gewagt war.

Das Problem war nicht, die Schafe über die Wiesen und Hügel zu treiben. Aber der Weg nach Drover's Run führte auch durch einige Bäche und Rinnsale, und oft wollten die Schafe sich die Wolle nicht nass machen. Dann wieder blieben sie stur im Wasser stehen, weil ihnen das Ufer und der beschwerliche Weg aus dem Wasser auf der anderen Seite nicht zusagte. Tess hatte nicht mitgezählt, wie oft sie an diesem Vormittag schon in den Bach gestiegen war, um ein Schaf voranzuschieben, während Jodi am Ufer saß und das Tier mit einem Strick nach vorne zog. Von den Oberschenkeln abwärts war Tess klatschnass. Ihre Stiefel in der Badewanne zu wässern, das hätte sie sich wirklich sparen können.

Allmählich näherten sie sich aber nun doch der Farm. Tess war ein wenig heiser geworden und musste sich räuspern. Entweder hatte sie sich in ihrer nassen Hose erkältet, oder aber es lag daran, dass sie sich auf dem Weg hierher beinahe die Lunge aus dem Hals geschrien hatte. War Claire dabei, führte Roy jede Anweisung aus. Bei Tess aber schien er alles vergessen zu haben, was ein Hütehund können muss. Er machte sich einen Spaß daraus, die Schafe sinnlos durch die Gegend zu treiben. Vergeblich hatte Tess versucht, ihn zurückzurufen, und ärgerte sich nun, als der Hund auf Jodis Stimme reagierte, die ihn mit einem bestimmten Klang zur Ordnung rief. Sofort ließ Roy von den Schafen ab, drehte sich zu Jodi um und kam schwanzwedelnd auf sie zu. Wahrscheinlich hätte er auch verlegen gegrinst, wenn er gekonnt hätte.

Endlich waren sie auf Drover's Run angekommen und trieben nun die Schafe in den Pferch. Während Jodi das Gatter verschloss, verschwand Tess im nahe gelegenen Schuppen. Mit einem kleinen Eimer in der Hand, einer Art Flaschenbürste und einem zufriedenen Gesicht tauchte sie wieder auf.

»So, und jetzt geht es den Maden an den Kragen.«

»Zuerst müssen die Zotteln von den Beinen weg«, sagte Jodi mit unleidlicher Miene. »Vorher kannst du das Zeug nicht auftragen.«

Tess zuckte ein wenig und drehte sich zu Jodi um. »Das weiß ich natürlich. Ich wollte nur … ich wollte nur alles vorbereiten.«

Jodi schwieg und nickte säuerlich.

»Jodi, hast du ein Problem damit, dass ich hier heute das Sagen habe?«, fragte Tess.

»Ich habe ein Problem damit, dass es bis gestern Abend noch so klang, als hätten wir einen freien Tag, weil Claire auf dem Seminar ist«, antwortete Jodi, stieg über das Gatter und ging zum Farmhaus hinüber.

»Jodi! Wohin gehst du?«, rief Tess ihr nach.

»Ich muss etwas trinken«, sagte Jodi.

»Ich brauche dich hier aber. Bitte!« Mit Nachdruck versuchte Tess das Mädchen zur Umkehr zu bewegen.

»Das Gefühl habe ich auch«, war Jodis leise gemurmelte Antwort, die Tess nicht hören konnte.

Tess sah dem Mädchen hinterher und versuchte sich mit Selbstgesprächen Mut zu machen. »Ich muss ihr zeigen, dass ich es kann. Sicher gibt es ein paar Schafe, die nicht so lange Zotteln haben.«

Sogleich öffnete sie das Gatter und betrat den Pferch. Während sie auf die Schafe zuging und Ausschau hielt, welches sich zur Anti-Fliegen-Behandlung ohne vorherigen Schnitt eignete, rührte sie in ihrem Eimer mit der Desinfektionslösung. Der Boden war jedoch aufgeweicht und schlammig, und plötzlich rutschte Tess aus. Instinktiv riss sie die Arme zur Seite, um das Gleichgewicht zu halten, schlug sich dabei aber die Bürste mit der Desinfektionslösung ins Auge.

Höllische Schmerzen und ein starkes Brennen im Auge ließen Tess aufschreien. »Hilfe! Hilfe! Ich habe Gift im Auge.«

Mit einem geschlossenen und einem nur halb geöffneten Auge war es gar nicht so einfach, aus dem Pferch herauszufinden. Nur verschwommen nahm sie ihre Umwelt wahr, stellte die Desinfektionslösung auf eine alte Kabelspule und eilte, immer noch vor Schmerzen stöhnend, zum Farmhaus.

Sie hörte Meg oben im Bad die Wanne scheuern und tastete sich in den ersten Stock. »Meg! Meg! Du musst mir helfen. Ich habe Gift im Auge.«

Meg war sofort höchst alarmiert. »Komm her! Setz dich«, sagte sie, fasste die beinahe blinde Tess am Arm, drückte sie auf den Badewannenrand und bog ihren Kopf zurück.

»Au, au, au, das tut weh!«, jammerte Tess.

»Wird gleich besser«, tröstete sie Meg. Sie ließ einen Zahnputzbecher voll Wasser laufen, nahm ein Handtuch, hielt es unter Tess' geöffnetes Auge und spülte das Auge mit dem Wasser aus.

Sofort ließ das Brennen nach, und nach einer weiteren Spülung konnte sie das Auge wieder öffnen.

Meg tupfte ihr das nass gewordene Gesicht vorsichtig ab.

»Ich habe alles so gemacht wie Claire«, versuchte Tess sich zu rechtfertigen. »Nur, dass ich ausgerutscht bin.«

»Warte«, sagte Meg, ohne auf Tess' Worte einzugehen. »Du bekommst noch Augentropfen.«

Dankbar ließ Tess auch diese Behandlung über sich ergehen. Als Meg fertig war, grinste Tess sie verlegen an. »Danke«, sagte sie. »Danke für die Hilfe. Und dafür, dass du nichts gesagt hast.«

»Was hätte ich denn sagen sollen?«, fragte Meg.

»Zum Beispiel: Du hättest besser auf Claire gewartet«, antwortete Tess zerknirscht.

Der Ort Fisher lag etwa zwei Autostunden von Gungellan entfernt. Vor ewigen Zeiten war Claire zum letzten Mal hier gewesen, irgendwann in ihrer Kindheit, als ihre Mutter noch lebte und Claire Schuhe gebraucht hatte. Denn wenn Fisher auch nicht wesentlich größer war als Gungellan, ein Schuhgeschäft, wo Claire auch die Arbeitsstiefel für Tess gekauft hatte, gab es immerhin.

Obwohl sie mit Alex' Wagen unterwegs waren, saß Claire nun am Steuer. Nicht ganz freiwillig hatte Alex ihr den Platz überlassen, aber bei einer kurzen Pause, in der Alex den Straßengraben inspizieren musste, wie er es ausdrückte, hatte Claire sich kurzerhand auf die Fahrerseite gesetzt. Sie wollte während der Fahrt nämlich gern eine Musikkassette hören, eine Leihgabe von Tess, und wer fährt, bestimmt auch, was gehört wird – das hatte Alex jedenfalls behauptet. Und Alex' Hardrock-Musik konnte sie wirklich nicht länger ertragen.

Vor dem kleinen Hotel, in dem das Seminar stattfinden sollte, befand sich ein Parkplatz, auf den Claire jetzt den Wagen lenkte. Sie wählte eine Parklücke aus und setzte rückwärts hinein, als plötzlich ein blecherner Knall die beiden zusammenzucken ließ. Claire hatte die Tür des Nachbarwagens gerammt, dessen Fahrer gerade aussteigen wollte.

»Du bist eine begnadete Einparkerin, Claire«, meinte Alex sarkastisch.

Claire sprang bereits aus dem Wagen.

»Möchten Sie mir damit vielleicht sagen, dass Sie in meine Parklücke wollen?«, fragte der Fahrer des beschädigten Autos, der nun auch ausgestiegen war.

»Als ich nach hinten gesehen habe, war die Tür noch zu«, gab Claire zurück. »Haben Sie denn nicht gesehen, dass ich einparken wollte?«

»Ich hatte zumindest angenommen, dass Sie mir genügend Platz zum Ein- und Aussteigen lassen würden«, antwortete der Mann. »Enger ging es ja wohl nicht«, sagte er und deutete auf den Abstand, den Claire zu seinem Fahrzeug gelassen hatte.

»Wir sind hier nicht in der freien Landschaft«, entgegnete Claire. »Auf einem Parkplatz steht man nun mal eng.«

Inzwischen war Alex hinzugekommen. »Es ist wirklich ein bisschen dicht dran, Claire«, sagte er vollkommen ruhig - vielleicht deshalb, weil sein Wagen höchstens einen kleinen Kratzer an der Stoßstange abbekommen hatte. »Und zur anderen Seite ist noch so viel Platz.«

Claire spürte, wie die Wut in ihr aufstieg. Das war doch typisch! Wenn bei einem Autounfall eine Frau beteiligt war, gab man automatisch ihr die Schuld. »Alex, es ist noch Platz genug, dass neben uns ein weiterer Wagen ...«

»Vielleicht können Sie das ein anderes Mal diskutieren«, mischte sich der Fahrer des anderen Wagens jetzt wieder ein. »Wenn Sie mir freundlicherweise Ihre Adresse geben würden. Wegen der Rechnung …« Er griff in seine Jackett-tasche, um sein Notizbuch herauszuholen.

Jetzt blieb Claire fast die Luft weg. »Also, Moment mal. Wenn überhaupt, dann bin ich nicht allein schuld. Und außerdem – ich habe mich doch entschuldigt!«

Ihr Gegenüber schüttelte den Kopf und kramte weiter in seiner Jacketttasche. »Davon habe ich nichts gehört. Oh, Moment, ich glaube, mein Notizbuch ist im Kofferraum.« Er ging zur Heckklappe seines Wagens und öffnete sie.

Claire sah ihm nach. »Flasche!«, murmelte sie zähneknirschend.

Nachdem sie ihrem Unfallgegner widerwillig ihre Adresse gegeben hatte, betrat Claire zusammen mit Alex das Hotel. Sie bezogen ihre Zimmer, dann trafen sie sich im Foyer und gingen zusammen in den Seminarraum des Hotels.

Der Raum war bis zur Rückwand mit Stuhlreihen gefüllt.

»Komm, wir bleiben gleich hier«, schlug Alex vor, als sie den Raum durch die im hinteren Teil gelegene Tür betraten. »Von hier aus können wir leichter abhauen, wenn es langweilig wird.«

Claires gute Laune war fast schon wieder hergestellt. Es wäre doch zu schade, sich dieses lang ersehnte Seminar von einem Idioten verderben zu lassen, der nicht Auto fahren konnte.

»Ich will mich nicht langweilen, und ich will mich auch nicht verdrücken«, antwortete sie. »Ich will etwas mitbekommen vom Vortrag und von den Projektionen. Und dazu muss ich vorn sitzen.«

»Was bist du denn? Blind? Oder taub? Oder einfach nur eine Streberin?«, frotzelte Alex.

»Erst einmal bin ich einfach nur froh, dass dieser Idiot vom Parkplatz nicht hier ist«, antwortete Claire. Sie drehte ihren Kopf über die rechte Schulter nach hinten, während durch den Gang zu ihrer Linken Menschen zu den vorderen Reihen strebten. »Oder hast du ihn etwa schon gesehen?«, wollte sie von Alex wissen und drehte den Kopf suchend in die andere Richtung.

»Guten Tag, meine Damen und Herren«, eröffnete der Seminarleiter soeben den Tag. »Mein Name ist Peter Johnson. Ich bin Ihr Referent für unser Seminarthema: Künstliche Besamung in der Pferdehaltung.«

Claire riss die Augen auf und erstarrte: Der Mann dort am Rednerpult war der Typ vom Parkplatz!

»Jetzt ist es natürlich zu spät, um sich noch nach hinten zu setzen«, flüsterte Alex amüsiert in Claires Ohr.

Becky saß noch immer in Bobs Auto. Nur zu Fuß hätte sie wahrscheinlich noch länger gebraucht. Allmählich fragte sie sich, ob es die richtige Entscheidung gewesen war, mit Bob zu fahren. Andererseits – eine echte

Alternative hatte es auch nicht gegeben. Sie musste sich also in Geduld üben.

Der Postbote erledigte seine Arbeit auf sehr eigentümliche Weise. Alles lief äußerst gemächlich ab, auch die genau eingehaltene Frühstücks- und Mittagspause, obwohl er ohnehin bei jeder zweiten Adresse ein Tässchen Tee oder Kaffee trank. Außerdem bemühte er sich, den Kunden das Gefühl eines besonderen, persönlichen Services zu geben. Das führte dazu, dass Bob, wenn nötig, die Post vorlas, bei irgendwelchen Verrichtungen kurz zur Hand ging - wobei er selbst ja nur über eine verfügte - und einfach ein offenes Ohr für Problemchen jeder Art hatte und Seelentrost spendete.

Becky saß seufzend auf den Treppenstufen eines etwas erhöht liegenden Hauses und wartete darauf, dass der Postbote wieder herauskam. Bob war eine Seele von Mensch, aber er arbeitete mit der Geschwindigkeit einer Schnecke.

Allerdings bedrückte Becky noch etwas anderes. Auf der Landstraße waren sie auf einen liegen gebliebenen Truck gestoßen. Und zu Beckys großem Erstaunen war ihr jüngerer Bruder Seany gerade dabei gewesen, den platten Reifen des Lasters zu wechseln. Dabei hätte Seany eigentlich in der Schule sein müssen. Aber bevor Becky ihn deswegen zur Rede hatte stellen können, war ihr älterer Bruder Mark aufgetaucht, der eigentlich im Knast saß. Wegen guter Führung hatte man einen Teil seiner Strafe aber zur Bewährung ausgesetzt. Mark hatte anscheinend einen Aushilfsjob bei einem Mann namens Ron angenommen, der momentan Probleme mit dem Rücken hatte.

Becky war alles andere als begeistert darüber, dass ihr kleiner Bruder für Mark arbeitete, anstatt in der Schule zu sitzen. Aber sie konnte Seany nicht umstimmen.

Endlich hatte Bob seinen Brief im Farmhaus abgegeben und kam nun zurück zu Becky. »Bob, du wirst Ärger bekommen«, sagte sie. Der Postbote hatte ihr vorhin erst anvertraut, dass er durch eine Leistungsbewertung überprüft wurde. Und der Faktor Zeit spielte bei dieser Überprüfung eine entscheidende Rolle.

»Ach, das wird schon«, wiegelte Bob ab. »Wenn ich jemandem, der nach einer Augenoperation nicht sehen kann, einen Brief vorlesen muss, dann dauert es eben etwas länger. Ich kann ja gleich ein bisschen mehr Gas geben. So wie der da unten.« Er deutete auf die Straße, die unterhalb des Hauses lag. Ein heller Lieferwagen bretterte mit Schallgeschwindigkeit in Richtung Butler-Farm. Auf seiner Ladefläche standen Fässer, die bei jeder Unebenheit des Bodens ein Stück in die Höhe sprangen.

Becky sprang auf. »Hey, das ist ja Mark! Der ist viel zu schnell.«

»Also, Becky, du weißt nicht, was du willst«, sagte Bob kopfschüttelnd. »Die einen sind dir zu langsam und die anderen zu schnell. Kannst du dich nicht entscheiden?« Er grinste Becky an und freute sich über den gelungenen Witz, den er gerissen hatte. Dann kratzte er sich am Kopf. »Aber wenn er in diese Richtung fährt … Was will er denn auf der Butler-Farm? Die Butlers sind doch jetzt in Queensland? Letzte Woche noch habe ich den Tates eine Ansichtskarte gebracht.«

Meg hatte als Krankenschwester gute Arbeit geleistet und Tess' Auge von allen giftigen Bestandteilen befreit. Die Augentropfen hatten ebenfalls das ihre getan, und so war Tess wieder voll einsatzbereit.

Gerade standen Meg und Tess in der Küche, um sich nach dem Schrecken einen Kaffee zu gönnen, als sie aus dem Gemüsegarten merkwürdige Geräusche vernahmen. Madonna, Tess' Milchkuh, war es nicht, das hörte man sofort. Es handelte sich eindeutig um das Geblöke von Schafen, doch die sollten doch eigentlich eingesperrt sein.

»Wer hat denn den Schafpferch offen gelassen?«, fragte Meg ziemlich säuerlich. Natürlich hatten sich die dummen Schafe zuerst über Megs sorgsam gehegte Kräuter hergemacht. Ihre Spezialmischung für Lamm à la provençale war damit eindeutig hinüber.

»Tja, äh … ich … ich konnte doch nichts mehr sehen«, versuchte Tess sich zu verteidigen. »Ich hatte doch das Desinfektionsmittel im Auge …«

Bevor die Schafe die letzten Kräuter abrupfen konnten, sprang Meg nach draußen, um schlimmere Schäden zu verhindern.

»Neue Stiefel, aber kann noch nicht mal ein Gatter schließen«, knurrte sie unwillig vor sich hin.

Trotz vereinter Kräfte dauerte es ziemlich lange, bis Jodi, Meg und Tess die Schafe wieder zusammengetrieben hatten. Neben den Gemüsegarten-Liebhabern hatten zwölf weitere Schafe den Tennisplatz inspiziert. Die restlichen Tiere hatten Spaziergänge in die nähere Umgebung des Farmhauses unternommen.

»So«, sagte Meg, als die Schafe endlich im Pferch waren und sie das Gatter schloss. »Sind das alle?«

»Ja«, meinte Tess. »Ich glaube schon.«

Mit einer sehr langsamen Bewegung drehte Meg ihrer Chefin den Kopf zu. »Du glaubst es? Hast du sie denn nicht gezählt?«, hakte Meg fassungslos nach.

Tess stotterte etwas Unverständliches, was aber darauf schließen ließ, dass sie die Schafe nicht gezählt hatte, weil sie gar nicht auf die Idee gekommen war.

»Das hat mir aber auch keiner gesagt«, verteidigte sie sich trotzig.

»Dann sage ich es dir jetzt, Tess. Und schreib es dir auf! Für das nächste Mal!«, riet Meg ihr energisch, legte unter heftigem Rasseln die Schließkette des Pferchs um das Tor und ging davon.

Tess stieß die Luft aus. Sie stemmte die Hände in die Hüften. »Na gut«, sagte sie. »Komm, Jodi, dann schneiden wir jetzt die Zotteln.«

»Oh«, meinte Jodi leichthin. »Tut mir Leid, aber ich schneide nicht. Habe ich dir das nicht gesagt?« Damit schlüpfte sie durch das kleine Gatter, das den Weg zum Schafscherstall absperrte, und ging hinüber zum Haus.

Tess wartete eine kurze Zeit, dann machte sie sich ebenfalls auf den Weg zum Haus. Wie sie erwartet hatte, hockten Meg und Jodi im Küchengarten und versuchten zu retten, was nach der Invasion der Schafe noch zu retten war. Das war in erster Linie Spinat, der kurz vor dem Durchschießen war.

Tess stellte sich vor den Gartenzaun und stützte wieder die Arme in die Hüften. Den Stiefeln und ihren Füßen hatte sie an diesem Tag anscheinend schon ziemlich viel zugemutet, denn mittlerweile begannen ihre Füße erheblich zu schmerzen. Umso wichtiger schien es ihr, jetzt zum Ende zu kommen.

»Hey, Meg! Jodi! Wie ihr ja wisst, finde ich, dass wir einander wie Freunde behandeln sollten und nicht nur wie Kollegen. Wir sollten unser Wissen zusammentragen und die Farm auf demokratische Weise führen.«

»Stimmt, Tess, gesagt hast du das schon öfter«, bemerkte Jodi mit kritischem Unterton.

»Jodi, von dir kommt heute sowieso nur Negatives!«, herrschte Tess das Mädchen an.

Jodi sah kurz zu ihrer Mutter, dann stand sie auf. »Wisst ihr was? Ich kümmere mich schon mal ums Essen.«

»Nein! Du bleibst hier.«

Mutter und Tochter wechselten viel sagende Blicke. So hart hatte Tess' Stimme bisher noch nicht geklungen. »Es lebe die Demokratie«, entgegnete Jodi sarkastisch.

»Tess, ist irgendwas?« Meg versuchte freundlich herauszufinden, warum Tess so streng reagierte.

»Allerdings. Ich bin sehr enttäuscht. Ich fühle mich von euch im Stich gelassen.« Tess merkte selbst, dass ihr Ton allmählich etwas unwirsch wurde. Aber ihre Füße begannen höllisch weh zu tun. Langsam hatte sie das Gefühl, anstatt der Stiefel Schraubstöcke an den Füßen zu haben. »Also, wir schneiden jetzt die Zotteln«, entschied sie dennoch unnachgiebig.

Jodi räusperte sich. »Hör mal, Tess, wie wäre es denn mit einem demokratischen Kompromiss? Wir machen heute noch ein paar Schafe, und die restlichen können wir doch morgen …«

»Kommt nicht in Frage!«, fiel Tess ihr ins Wort. »Claire würde wollen, dass wir bis heute Abend allen Schafen die Zotteln geschnitten haben. Und ich will es auch. Also, bitte!« Ohne ein weiteres Wort drehte sie sich um und tapste auf schmerzenden Füßen davon.

Meg und Jodi sahen ihren wankenden Schritten nach.

»Es ist höchste Zeit, dass sie diese Stiefel wieder von den Füßen kriegt«, meinte Meg.

6. Kapitel

Das Seminar »Künstliche Besamung in der Pferdehaltung« war bereits in vollem Gange. Claire lauschte den Ausführungen des Seminarleiters – obwohl sie schon nach kurzer Zeit den Verdacht hatte, dass dieser Peter Johnson ihre Erwartungen keinesfalls erfüllen würde. Auto fahren konnte er nicht – wie sollte er dann Ahnung von Pferden haben? Und sie hatte so viel Geld für das Seminar bezahlt!

»Die Kosten für künstliche Besamung und Natursprung liegen nicht allzu weit auseinander …«, dozierte Johnson gerade.

Alex beugte sich zu Claire hinüber. »Ich denke, die Pferde sehen das anders«, bemerkte er flüsternd.

Claire lachte unterdrückt.

»… wenn man dabei berücksichtigt, dass bei der künstlichen Besamung mit dem kleinstmöglichen Risiko das bestmögliche Ergebnis erzielt wird«, beendete Johnson seinen Satz.

»Stimmt nicht ganz.« Jetzt war es Claire, die sich flüsternd zu Alex beugte. »Wenn der Samen nicht richtig aufgestaut ist, dann wird aus der Sache nichts, und du bleibst auf deinen Kosten sitzen.«

Johnson wurde auf ihr Flüstern aufmerksam. »Gibt es ein Problem?«, erkundigte er sich. Seinem Gesicht war nichts anzumerken, seine Stimme aber hatte einen merkwürdig überkorrekten Klang – wie bei den Leuten, die nur darauf lauern, ihrem Gegenüber einen Fehler nachweisen zu können.

»Ich sehe bei der finanziellen Seite schon einen Unterschied«, entgegnete Claire. »Wenn die Besamung nicht funktioniert, hat man das Geld umsonst investiert.«

Johnson grinste herablassend. »Also, wenn Sie in finanziellen Schwierigkeiten sind, ist der Aufbau einer Zucht natürlich ohnehin kaum möglich ...«

»Ich habe nicht gesagt, dass wir in finanziellen Schwierigkeiten stecken«, protestierte Claire energisch. »Außerdem«, sie hatte plötzlich das Gefühl, dringend auf einen anderen Aspekt überschwenken zu müssen, »außerdem bekommt man als Züchter dabei doch ein ganz anderes Gespür für die Pferde, wenn man das Wesen der Elterntiere kennt, ihren Charakter ...«

Der Seminarleiter sah sie wieder nachsichtig an. »Experten wie ich stehen Ihnen natürlich mit ihrem Rat zur Seite, wenn es darum geht, den richtigen Hengst auszusuchen.«

Claire lehnte sich zurück. »Experten«, wiederholte sie und grinste nun ebenfalls überlegen.

»Ihre Adresse habe ich ja schon«, fuhr der Seminarleiter fort, ohne sich beirren zu lassen. »Ich stehe Ihnen gern zur Verfügung, wenn Sie und Ihr Mann weitere Hilfe benötigen …«

Eine Lachsalve donnerte durch den Raum.

Claire glaubte ihren Ohren nicht trauen zu dürfen. »Wie bitte? Mein Mann und ich?«

Alex legte seine Hand auf Claires Knie und streichelte sie beruhigend. »Wir haben Zeit, Schatz, wir haben Zeit«, sagte er grinsend.

Claire sah ihn mit einer Mischung aus Empörung und Fassungslosigkeit an und nahm energisch Alex' Hand von ihrem Knie. »Pfoten weg!«, zischte sie leise.

Die Einzige, die mühelos die befallenen Wollzotteln der Schafe entfernen konnte, war Meg. Nachdem Jodi sich nochmals geweigert hatte, bei dieser Arbeit zu helfen, waren sie nur zu zweit, und Tess hatte für Jodis Weigerung insgeheim immer mehr Verständnis. Es war wirklich keine Freude, diese von Fliegenmaden befallenen, verklebten Zotteln überhaupt anzufassen. Andererseits war es die einzige Methode, die Schafe davor zu schützen, dass ihre Haut von den Maden angefressen wurde. Eine Hilfe war Jodi aber trotzdem, denn sie hielt die Schafe, während Tess sich an ihnen zu schaffen machte. Es dauerte alles unendlich lang.

»Du musst das Schaf festhalten«, sagte Tess immer wieder zu Jodi. »Halt es fest, sonst kann ich nicht schneiden.«

»He, ihr beiden! Wie stehen unsere Chancen, vor Mitternacht fertig zu werden?«, rief Meg Jodi und Tess zu, während sie selbst sich ein neues Schaf holte.

»Wenn Tess so weitermacht: schlecht«, teilte Jodi ihrer Muter mit. »Gib mal her«, sagte sie dann ungeduldig und nahm Tess die Schere aus der Hand.

Mit fachmännischen Griffen packte sie in die Wolle des Schafes und entfernte mit wenigen Schnitten die befallenen Stellen.

»Ach so«, meinte Tess mit anzüglichem Grinsen. »Man muss also beherzt zupacken, auch wenn es einem zunächst eklig vorkommt. Und irgendwann macht es sogar Spaß.«

Im gleichen Moment ließ Jodi die Schere fallen. »Nanu?«, meinte Tess erstaunt. »Bist du so empfindlich?«

Aber gleich darauf sah sie, dass aus Jodis Hand Blut quoll. »Ich ... ich habe mich geschnitten«, stammelte sie.

Auf der Stelle bereute Tess ihre ironischen Worte. »Oh, Jodi, tut mir Leid, ich wollte nicht so gemein sein.«

»Was ist denn passiert?« Meg war schon herbeigeeilt.

Jodi öffnete, den Tränen nahe, ihre Hand, so dass Meg die Wunde untersuchen konnte. Dann schüttelte sie den Kopf. »Das kriegen wir hier nicht hin. Das muss genäht werden«, stellte sie fest und zog ein Taschentuch aus ihrer Tasche. »Hier, Jodi, fest zudrücken.« Sie legte das Tuch in

Jodis Handfläche und schloss die Finger des Mädchens darum. »Wir müssen zum Arzt«, wandte sie sich dann an Tess. »Wir nehmen Jacks Mercedes.«

Tess war inzwischen blass geworden. Sie nickte. »Ja, natürlich. Jodi, wirklich, es tut mir Leid«, sagte sie noch einmal.

»Schon gut«, antwortete Jodi mit zusammengebissenen Zähnen. »Ich hab ja zwei Hände.« Damit ließ sie sich von Meg zum Farmhaus führen.

Tess sah ihnen hinterher. Dann schweifte ihr Blick über die Schafe, von denen erst wenige unter die Schere gekommen waren. »Oh, verdammt«, flüsterte sie. »Verdammt!«

Dafür, dass auf der Transportfläche von Bobs Wagen noch immer einige Säcke mit Post standen, war es schon ziemlich spät. Und auch für Becky lief die Zeit davon. Auf Drover's Run gab es wirklich genug zu tun, und dass ein ganzer Tag draufgehen würde, nur um den Pickup abzuholen, das war gar nicht einkalkuliert.

»Sag mal, Bob, das Zeug da hinten«, sie deutete mit dem Kopf auf die Transportfläche. »Das ist doch alles nur Müll, Werbung und anderer Mist. Meinst du nicht, du könntest das auch an einem anderen Tag austeilen?«

Bob sah seine Beifahrerin erstaunt an. »Becky!«, sagte er dann empört. »Weißt du, was das bedeuten würde? Das würde bedeuten, dass ich meinen Job nicht ernst nehme.«

»Nein, nein, Bob, so habe ich es ja nicht gemeint«, beeilte Becky sich zu versichern. »Ich dachte nur … Hey!«, rief sie dann plötzlich. Sie deutete voraus auf eine Weide, auf der regungslos eine Kuh lag. Die drei Männer daneben waren offenbar der Besitzer und seine Söhne. »Sind das nicht die Tuggets da vorne?«

Bob bremste sofort sein Postauto. »So kann man die Arbeit natürlich ein bisschen beschleunigen. Wir sparen uns den Weg raus zur Farm. Hallo, Digger!«, rief er den Mann auf der Weide mit seinem Spitznamen an, sobald er aus dem Wagen stieg. »Ich bring dir die Post!«

Auch Becky stieg aus und lief mit schnellen Schritten zu den Männern. »Was ist denn los?«, fragte sie und deutete auf die Kuh. »Blähsucht?«

Ed Tugget, ein Mann Mitte fünfzig, kannte Becky und Bob und kam den beiden entgegen.

»Nein, keine Blähsucht«, antwortete er. »Probleme mit dem Wasser aus dem Fluss. Zwei Kühe habe ich tot aufgefunden, zwei musste ich erschießen.«

Becky ahnte Schlimmes. »Was denn für Probleme?«, erkundigte sie sich.

Digger zuckte die Schultern. »Gift. Riecht wie alter Unkrautvernichter.«

Bob verzog das Gesicht. »So etwas hatten wir auch 1989. Das war eine ziemliche Sauerei.«

In Beckys Kopf klingelten sämtliche Alarmglocken. »Haben Sie ein Satelliten-Telefon?«, fragte sie den Farmer.

Tugget winkte ab. »Die Umweltbehörde ist schon informiert …«

»Das meine ich nicht«, unterbrach ihn Becky. »Ich will auf Drover's Run anrufen. Die Farm liegt flussabwärts.«

Digger deutete mit seinem Kopf auf den Pick-up. »Das Telefon liegt im Wagen. Rufen Sie an!«

Ihr blöden Viecher!« Tess knallte die Schere auf den Pfosten neben dem Tor. »Seht doch zu, wie ihr klarkommt! Von mir aus können die Maden euch bei lebendigem Leibe auffressen. Aber ich schneide euch die Zotteln nicht! Damit das klar ist!«

Sie drehte sich um und verließ den Pferch – wobei sie dieses Mal ordentlich das Tor verschloss. Sie konnte kaum noch laufen, schleppte sich mehr zum Haus, als zu gehen. Ihre Stiefel brachten sie fast um. Sie fragte sich allmählich, ob Bob ihr tatsächlich einen so heißen Tipp gegeben hatte – oder ob die Stiefel nicht eher völlig ruiniert waren.

Gerade klingelte das Telefon in der Küche. Auch auf die Gefahr hin, dass der Anrufer wieder auflegte – Tess konnte ihren Schritt einfach nicht beschleunigen.

Endlich erreichte sie den Apparat. »Drover's R…«

Bevor Tess den Namen der Farm ausgesprochen hatte, hörte sie Beckys Stimme am anderen Ende der Leitung.

»Tess, ihr müsst sofort das Vieh vom Fluss wegholen!«, sagte sie in einem Ton, der keinen Widerspruch duldete. »Bringt es auf den Hof.«

Tess war vollkommen überrascht. »Aber wieso? Was ist denn passiert?«

»Der Fluss ist vergiftet. Die Tuggets haben schon vier Rinder verloren«, antwortete Becky. »Ihr müsst euch beeilen, sonst vergiften sich unsere Tiere auch. Ich komme so schnell wie möglich.«

»Aber ich ... » Tess bekam kaum noch ein Wort heraus. Sie fühlte sich plötzlich überfordert.

»Meg weiß, was zu tun ist«, fuhr Becky aber schon fort. »Treibt die Herde am Fluss entlang, dann finde ich euch am leichtesten!« Damit beendete sie das Gespräch.

Völlig verblüfft hielt Tess den Hörer noch in der Hand, während schon ein anhaltender Ton in der Leitung erklang. Dann legte auch sie auf und blickte sich hilflos um. Wie sollte sie das alleine schaffen? Und wieder drückten ihre Stiefel wie Schraubstöcke an ihren Füßen ...

Roy, hierher!«, rief Tess. Das hätte ich mir vor einem halben Jahr nicht träumen lassen, schoss es ihr gleichzeitig durch den Kopf, während sie ihre Fersen ein Stück tiefer in Oscars Flanken drückte, um das Pferd zu einem höheren Tempo anzutreiben.

Trotz der kaum auszuhaltenden Schmerzen war Tess

schon bald nach Beckys Anruf klar geworden, dass ihr keine Wahl blieb. In aller Eile lief sie zum Stall hinüber und sattelte Oscar, um so schnell wie möglich, zusammen mit Roy, zu der Weide am Fluss zu kommen, wo die Rinder von Drover's Run zur Zeit standen.

Zu ihrer großen Erleichterung gehorchte ihr der Hund jetzt aufs Wort. Vielleicht lag es daran, dass sie sich den Tonfall von Meg zu Eigen gemacht hatte. Ein präzises, klares Kommando, dem ein Lob folgte, wenn der Hund das tat, was man von ihm verlangte.

Bis zur Viehweide war es eine ziemlich weite Strecke. Und selbst wenn sie angekommen war, lag die größte Herausforderung noch immer vor ihr. Im Stillen keimten Zweifel in Tess auf, ob sie dieser Aufgabe tatsächlich gewachsen war. Andererseits hatte sie wohl keine andere Wahl, als es zumindest zu versuchen.

Bitte, Bob, bring mich nach Drover's Run«, bat Becky nun schon zum wiederholten Mal. Sie saß wie auf heißen Kohlen. Das Gift im Fluss bewegte sich unablässig auf die Farm zu, und um die Rinder heimzutreiben, wurde jede Kraft benötigt. Vor allem, weil Claire nicht dabei war. »Ich muss unbedingt zurück, die brauchen mich da.«

Bob aber warf Becky einen strengen Blick zu, während er die Post für die nächste Farm von der Transportfläche holte und sie in den Briefkasten an der Zufahrt warf.

»Becky, deine Solidarität mit Drover's Run in Ehren«, sagte er. »Aber ich denke, du hast im Moment ein ganz anderes Problem, das du lösen solltest.«

Becky stutzte. »Ich soll ein anderes Problem haben?«

»Allerdings. Und zwar ein Familienproblem«, antwortete Bob. »Ist dir eigentlich klar, wohin wir Mark vorhin haben fahren sehen?«

»Zur Butler-Farm«, antwortete Becky. Sie hatte keine Ahnung, worauf Bob hinaus wollte.

»Richtig«, sagte der Postbote. »Und was ist da auf der Butler-Farm? Nichts. Gar nichts. Außer einem leeren Haus, leeren Weiden und einem Fluss.«

»Der fließt hier überall«, gab Becky ungeduldig zurück. Ihr stand jetzt nicht der Sinn nach Quizfragen. »Jetzt sag schon, worauf du hinauswillst.«

Bob war gerade dabei, die Türflügel der Ladefläche wieder zu schließen. »Kannst du dich erinnern, für wen Mark arbeitet?«, fragte er und stemmte seinen einzigen Arm in die Seite.

»Für irgendeinen Ron«, antwortete Becky genervt.

»Für Ron Sanders«, präzisierte Bob. »Ron Sanders ist der Mann, der einmal im Jahr die Farmen in der Gegend abklappert und sich um die Entsorgung von Sondermüll kümmert. Um überlagerten Dünger beispielsweise, um Altöl, Unkrautvernichter oder was immer es an Giften gibt. Jetzt macht dein Bruder Mark diesen Job und fährt mit einer Ladung Fässer zu einem abgelegenen, verlassenen Ort. Na, klingelt es bei dir?« Er sah Becky forschend an.

Einer so langen Rede hätte es für Becky kaum noch bedurft. Schon bei Ron Sanders' Namen und der Erwähnung des Sondermülls war ihr plötzlich ein Licht aufgegangen. Ihr Bruder Mark war eindeutig dabei, ein neues illegales Ding zu drehen. Und er zog Scany, den Jüngsten der Familie, mit hinein.

Becky konnte kaum denken. »Wir müssen etwas tun«, stammelte sie.

Bob nickte bestätigend. »Das würde ich wohl auch sagen.«

Hätte Claire von den Vorgängen am Fluss etwas geahnt, sie hätte in Fisher keine ruhige Minute mehr gehabt. Nun aber hörte sie mit steigendem Unwillen den Ausführungen von Peter Johnson zu, die sie mittlerweile allesamt für Unfug hielt.

Schon nach ihrem kurzen Wortwechsel über die Kosten der künstlichen Besamung hatte Claire beschlossen, dem Seminarleiter nicht mehr allzu viel Glauben zu schenken. Umso mehr kränkte es sie, dass Alex sich offenbar recht gut mit ihm verstand. Im Moment war gerade Pause, und er war sogar in ein intensives Gespräch mit ihm verwickelt. Sobald Claire darauf aufmerksam wurde, wandte sie sich ärgerlich ab und holte sich eine Tasse Kaffee. Wenige Augenblicke später kam Alex zu ihr.

»Na, wie geht es denn meinem Frauchen?«, fragte er grinsend.

Claire hatte Mühe, nicht zu schreien. »Hör bloß auf!«, zischte sie. »Erst beleidigt er mich und behauptet, ich könnte nicht Auto fahren und sei offenbar pleite. Und dann sagt er auch noch, wir wären verheiratet!«

Alex Grinsen wurde fast noch breiter. Er sah sich kurz nach dem Seminarleiter um. »Was war denn das Schlimmste?«, wollte er wissen.

Claire schnaubte. »Dass wir nicht verheiratet sind, hast du ja wohl hoffentlich klargestellt.«

Alex kratzte sich am Kopf, als fiele ihm gerade ein, dass er etwas Wichtiges vergessen hatte. »Habe ich das getan?«

Claire schnappte nach Luft. »Alex, wie kommst du dazu …«, begann sie wütend. »Na ja«, fuhr sie dann gelassener fort, »kann mir eigentlich auch egal sein.«

»Da wäre ich mir nicht so sicher«, antwortete Alex und wiegte den Kopf.

»Wie … wie meinst du das?« Claire hatte keinen Schimmer, was Alex eigentlich sagen wollte.

»Ich glaube, er findet dich ganz gut.«

Claire fühlte sich wie vor den Kopf gestoßen. »Wie bitte? Wie das denn? Ich habe ihn doch nicht im Zweifel darüber gelassen, dass ich ihn für die absolute Nullnummer halte. Dass er in meinen Augen nicht Auto fahren kann, dass er von Pferden keine Ahnung hat und alles andere als ein Experte ist, dass seine dämliche Besamung zu teuer ist«, zählte sie ein paar Punkte auf. »Und noch ein paar andere Kleinigkeiten. Ende offen«, setzte sie hinterher.

»Ich glaube, er ist trotzdem der Ansicht, du findest ihn cool«, antwortete Alex.

»Nach einem Bündel von Angriffen?«, vergewisserte sich Claire fassungslos.

»Männer mögen das«, antwortete Alex gelassen. »Man muss Masochist sein, um als Mann mit den Frauen klarzukommen.«

Claire prustete nur.

»Deine Adresse und deinen Namen hat er ja«, fuhr Alex fort.

Claire trank einen Schluck aus ihrer Tasse. »Vielleicht lässt du ihn unter Berücksichtigung dieses Aspekts doch besser in dem Glauben, ich sei deine Frau«, meinte sie.

Alex setzte wieder sein überlegenes, amüsiertes Grinsen auf. Und Claire war sich alles andere als sicher, ob sie für Peter Johnson nun Alex' Frau war – oder nicht doch die unverheiratete Miss McLeod.

Unterdessen ritt Tess tapfer auf Oscar über die Weiden und versuchte die Rinder zur Farm zu treiben. Es war ein so schwieriges Unterfangen, dass ihr allmählich dämmerte, warum Claire dazu immer mindestens zwei Leute abordnete.

Aber sie hatte keine Wahl. Beckys Stimme war überaus eindringlich gewesen – und das Mädchen hatte wesentlich mehr Ahnung von Landwirtschaft als sie selbst, musste sie sich eingestehen. Es war sicher richtig, Beckys Anweisung sofort Folge zu leisten. Auch wenn Becky nicht hatte ahnen können, dass Tess dieser Aufgabe allein gegenüberstand.

Der Weg führte nicht nur am Fluss entlang, sondern stellenweise auch durch ihn hindurch, und wenn der Fluss wirklich vergiftet war, mussten die Tiere so schnell wie möglich zur Farm getrieben werden und durften keinesfalls vom Wasser trinken. Eigentlich durften sie noch nicht einmal hindurchlaufen.

Zum ersten Mal zeigte Roy Tess gegenüber seine Fähigkeiten als Hütehund. Er hielt die Rinder zusammen und durchschwamm tapfer den Fluss, der an manchen Stellen so tief war, dass der Hund keinen Grund mehr unter die Pfoten bekam.

»Komm, Roy«, rief Tess ihrem Begleiter aufmunternd zu. »Nur noch der kleine Bach da vorne, dann haben wir es geschafft!«

Tatsächlich schien das kleine Rinnsal keine weitere Herausforderung mehr darzustellen. Schwieriger zu bewältigen war allerdings das steile, schlammige Ufer. Aber zu

Tess' Erleichterung kamen die massigen Rinder gut hindurch. Bevor Tess jedoch auf Oscar ebenfalls das andere Ufer erklimmen konnte, bemerkte sie, dass ein Kalb zurückgeblieben war. Es wollte anscheinend an einer anderen Stelle den Bach überqueren und war in einem schlammigen, grundlosen Becken stecken geblieben.

»Hey, komm raus da!«, rief Tess dem Kalb zu.

Das Kalb sah sie aus seinen großen dunklen Augen hilflos an und begann plötzlich zu rudern.

»Was machst du denn da?«, rief Tess unglücklich. »Du darfst mir nicht ertrinken!« Ohne zu überlegen, stieg sie ab und eilte mit wenigen Schritten zu dem Kalb. »Komme schon, komme schon«, versuchte sie das Tier zu beruhigen. »Man sollte nicht schwimmen gehen, wenn man es noch nicht gelernt hat …« Zufällig fiel Tess' Blick auf einen Ast, der ins Wasser ragte. In seiner Gabel schimmerte etwas Silbriges, das sich bei genauerem Hinsehen als ein toter Fisch entpuppte. In einer Ausbuchtung des Ufers entdeckte Tess nun den glänzenden Bauch eines weiteren toten Fisches, und ein eiskalter Schauer lief durch ihren Körper.

»Los, raus hier!« So schnell Tess konnte, watete sie durch das kniehohe Wasser. Der schlammige Grund behinderte ihr Fortkommen, schließlich aber hatte sie das Kalb erreicht. Sie packte es am Hinterteil, schob es in seichteres Gewässer und hievte es das Ufer hinauf. Sie selbst rutschte dabei noch einmal aus und tauchte komplett im Bach unter. Prustend kam sie wieder hoch. »Verdammt, das Zeug ist doch giftig«, japste sie und spuckte sicherheitshalber mehrmals aus.

Den Rest des Weges legte Tess vollkommen durchnässt zurück. Aber sie spürte weder die Nässe und die Kälte, die allmählich durch ihre Kleider drangen, noch ihre schmerzenden Füße in den neuen Stiefeln. Sie spürte überhaupt nichts mehr. Sie strebte nur weiter ihrem Ziel entgegen – die Herde sicher zur Farm zu treiben.

Nach einer Ewigkeit, wie es Tess schien, erreichte sie endlich mit der Herde Drover's Run. Nur noch dieser Hügel, dann hatte sie es geschafft. Gelassen und ruhig liefen die Rinder auf das Gatter zu, während Roy, zum Zeichen, dass er seinen Job erledigt hatte, sich flach ins Gras legte und die Herde nur noch beobachtete.

Erschöpft und atemlos stieg Tess vom Pferd. Sie wartete, bis der letzte Kuhhintern das Tor passiert hatte, dann legte sie die Kette des Gatters um den Zaunpfosten und stützte sich seufzend darauf.

Sie hatte gerade ein wenig verschnauft und ließ soeben Wasser in die Tränke, als Meg und Jodi auftauchten. Jodis Hand war bandagiert.

Tess drehte den Wasserhahn zu und kam zu ihnen herüber. »Hallo, Jodi, wie gehts deiner Hand?«, erkundigte sie sich.

»Ach, ein paar Stiche«, meinte Jodi. »Das wird schon wieder.« Sie schien keine Lust zu haben, die Sache groß zu dramatisieren.

»Es tut mir ehrlich Leid«, begann Tess jetzt. »Ich habe vielleicht ein bisschen zu viel Druck gemacht. Ich hätte nicht ...«

»Es ist schon okay«, fiel Meg ihr ins Wort. »Du hast dich verantwortlich gefühlt.« Dann sah sie zu den Rindern. »Was machen die denn hier oben?«

»Becky hat vorhin angerufen«, erklärte Tess. »Der Fluss ist anscheinend vergiftet. Sie sagte, ich müsse unbedingt die Rinder von der Weide holen.«

Meg war sichtlich beeindruckt. »Du hast die Rinder allein von der Weide am Fluss geholt?«

Tess zuckte die Schultern. »Mir blieb wohl nichts anderes übrig.«

»Du hast die Herde allein von der Weide am Fluss hierher getrieben?«, wiederholte Jodi noch einmal ungläubig.

»Nicht ganz allein, Roy hat mir geholfen«, präzisierte Tess, die nun wieder die Kälte spürte, die ihr in die Knochen kroch. Jede Bewegung schmerzte sie plötzlich. Ihre Kleidung war vom Schlamm und Schmutz, den sie während ihrer Arbeit abbekommen hatte, ganz steif. Und ihre Füße schienen so stark angeschwollen zu sein, dass sie plötzlich fürchtete, die Stiefel für immer anbehalten zu müssen.

Meg und Jodi wechselten einen ebenso verwunderten wie beeindruckten Blick. Nach den zahlreichen verunglückten Auftritten als Farmerin, die Tess bislang hingelegt hatte, war das Heimtreiben der Herde von der abgelegenen Weide ein wirkliches Meisterstück.

»Weißt du was?«, fragte Meg. Sie lächelte Tess auf ihre freundliche und warme Art an. »Ich glaube, du könntest ein heißes Bad gebrauchen.«

»Oh ja«, antwortete Tess. Neben einer unglaublichen Erleichterung machte sich noch ein anderes Gefühl in ihr breit: Stolz. Jetzt erst wurde ihr klar, dass sie etwas geschafft hatte, was sich keine der Frauen von Drover's Run allein zugetraut hätte. »Ein heißes Bad. Und ich glaube, diesmal ziehe ich die Stiefel vorher aus.«

Damit ließ sie sich von Meg in den Arm nehmen und zum Farmhaus führen.

Doch Tess schaffte es an diesem Abend nicht mehr, ein Bad zu nehmen. Auch die heiße Tasse Tee und das Abendessen fielen aus. Als Meg in ihr Zimmer kam, um Tess zu sagen, dass das Bad fertig sei, lag sie schmutzig und dreckig auf ihrem Bett und war fest eingeschlafen. Die Stiefel waren das Einzige, was sie abgelegt hatte. Meg überlegte einen kurzen Moment, ob sie Tess wecken sollte, entschied sich aber gleich dagegen. Sie nahm eine Decke und deckte Tess damit zu.

Erst spät am Abend kam auch Becky zurück. Sie berichtete Meg und Jodi von den Ereignissen des Tages und verschwieg auch nicht, dass ihr Bruder Mark die Fässer mit dem überlagerten Unkrautvernichter bei der Butler-Farm in den Fluss gekippt hatte. Die Polizei habe sie jedoch nicht eingeschaltet, entgegnete Becky auf Megs Frage, um ihren jüngeren Bruder Seany zu schützen. Mark hatte sie aber zusammen mit Bob auf frischer Tat ertappt, und er hatte sich zähneknirschend dazu bereit erklärt, Ed Tugget die toten Kühe zu ersetzen.

Meg verkniff sich jeden Kommentar zu dieser Vorgehensweise. Kriminelle Handlungen wie diese gehörten ihrer Ansicht nach in die Hände der Polizei. Andererseits war es vielleicht tatsächlich sinnvoll, den fünfzehnjährigen, an sich freundlichen Seany davor zu bewahren, neben seinem Bruder mit weiteren Kriminellen in Kontakt zu kommen. Ob das wirklich gelang, war allerdings fraglich. Denn trotz aller angebotenen Hilfe war Seany fest entschlossen, weiter bei seinem Bruder Mark zu wohnen.

Früh am nächsten Morgen kam Claire nach Drover's Run zurück. Ein kurzer Blick sagte ihr, dass sich nichts verändert hatte.

Erst als sie mit den anderen zusammen auf der Veranda saß und Tee trank, hörte sie von den Ereignissen des vergangenen Tages, von den Schafen auf dem Tennisplatz und im Gemüsegarten, von Tess' Missgeschick mit dem

Desinfektionsmittel, das ihr ins Auge gespritzt war, vom Fliegenbefall der Schafe, von Jodis Verletzung in der Handfläche, von Beckys Irrfahrten mit Bob, vom vergifteten Fluss, und schließlich von den Rindern, die Tess allein zur Farm getrieben hatte. Dazu gaben Tess' verschlammte Stiefel, die auf der Veranda standen und auf Säuberung warteten, einen wirklich bemerkenswerten Gestank ab.

Claire rührte nachdenklich in ihrer Teetasse und sah ihre Mitbewohnerinnen der Reihe nach an. »Hatte ich nicht gesagt, ihr solltet einfach so tun, als sei Sonntag?«

»Wir leben auf dem Land«, antwortete Tess, die gerade ihren geschundenen Füßen ein spezielles Bad gönnte. »Da kommt einfach immer etwas dazwischen.«

In diesem Moment erklang das Blöken eines Schafes.

Mit nackten Füßen sprang Tess auf und lief, gefolgt von Claire, ins Haus.

Das Schaf hatte gestern offensichtlich den Anschluss verpasst und war nicht mit den anderen zusammen wieder eingesperrt worden. Wie es es nun jedoch geschafft hatte, ins Bad zu gelangen, würde auf ewig sein Geheimnis bleiben.

Das Schaf hatte anscheinend eine Weile mit der Toilettenrolle gespielt. Jetzt sah es Claire und Tess reichlich belämmert an.

»Wie ... wie kommt das Schaf hierher?«, fragte Claire fassungslos.

»Oh, Claire, weißt du was?«, rief Tess aus. »Ich habe etwas herausgefunden. Das ist ein richtig guter Tipp. Willst du ihn hören? Man muss die Schafe zu Anfang zählen. Denn wenn sie später ausreißen, dann weiß man nachher wenigstens, wie viele noch fehlen.«

Claire sah ihre Schwester an. »Ein echt guter Tipp«, bemerkte sie amüsiert. »Ich werde ihn mir merken.«

Es war ein richtig gutes Gefühl zu wissen, dass alles seinen Gang ging, falls sie, Claire, doch einmal ausfallen sollte.

7. Kapitel

Alltägliches prägte das Leben auf Drover's Run. Der Tagesablauf jedes Einzelnen richtete sich nach den anfallenden Arbeiten, vieles musste täglich aufs Neue erledigt werden. Es kam nur selten vor, dass die Menschen dieser Gegend sich zu Festlichkeiten zusammenfanden. Hier und da wurde eine Hochzeit gefeiert, zu der die Nachbarn eingeladen wurden oder auch einfach nur so zum Gratulieren vorbeikamen. Außerdem traf man sich natürlich bei Beerdigungen.

Wie auch diesmal: Völlig unerwartet war nämlich Max Martin gestorben, ein Farmer aus der Nachbarschaft. Max Martin galt in der Gegend um Gungellan fast als Berühmtheit, denn er hatte den Strohballenlauf erfunden. Dieser Wettbewerb wurde nun schon seit fünf Jahren regelmäßig ausgetragen, und der Sieger durfte einen zwar nutzlosen, aber dennoch heiß begehrten Pokal nach Hause tragen.

Der plötzliche Tod dieses Mannes hatte viele Nachbarn und Bekannte veranlasst, in seinem Haus von ihm Abschied zu nehmen, bevor der Sarg von der Farm getragen wurde.

Auch Claire und Tess waren zusammen mit Jodi, Meg und Becky gekommen, ebenso wie die Ryans. Gerade sprachen Harry und Liz Ryan der trauernden Beth Martin ihr Beileid aus.

Claire und Tess standen mit Alex und Nick ein Stück abseits, unter einem der großen Bäume, die die Farm umgaben.

»Habe ich das denn richtig verstanden?«, vergewisserte sich Tess. »Der Strohballenlauf soll trotzdem in ein paar Tagen stattfinden? Obwohl Max Martin gestorben ist?«

»Max hätte es bestimmt so gewollt«, antwortete Alex. »Und warum auch nicht? Machen wir eben einen Gedenk-Lauf.«

Tess schüttelte den Kopf. »Spaß muss sein«, bemerkte sie etwas sarkastisch. In manchem unterschied sich das Leben auf dem Lande wirklich ziemlich von dem in der Stadt.

»Vor fünf Jahren war es noch kein Spaß«, erklärte Nick. »Das Heu war gemäht und zu Ballen gebunden, als es plötzlich zu regnen anfing. Max' Traktor ging unerwartet kaputt, und da kamen alle und halfen, das Heu per Hand auf die Farm zu bringen.«

»Seitdem findet der Lauf jedes Jahr statt«, fuhr Jodi fort. »Und dabei wird Geld für die Miss-Gungellan-Wahl gesammelt«, betonte sie.

»Geld für die Miss-Gungellan-Wahl?«, wiederholte Tess.

Ein Grinsen machte sich jetzt auf ihrem Gesicht breit. »Dann können wir Frauen doch auch bei dem Lauf mitmachen, oder?«

Alex räusperte sich hörbar. »Theoretisch schon«, antwortete er. »Aber das wäre wohl ziemlich sinnlos.«

Mit diesen Worten war nun auch Claires Interesse geweckt worden. »Warum wäre es sinnlos?«, wollte sie wissen.

»Weil Alex jedes Jahr gewinnt«, antwortete Jodi.

Über Claires Gesicht breitete sich ein Grinsen aus, und sie warf ihrer Schwester einen amüsierten Blick zu. »Was du nicht sagst«, meinte sie.

Kurz darauf löste sich die Trauergesellschaft auf. Als die Frauen von Drover's Run auf die Farm zurückgekehrt waren und ausstiegen, warf Tess einen kritischen Blick auf den Geflügelkäfig, den Meg von der Martin-Farm mitgenommen hatte.

Dass es auf Geburtstagspartys Überraschungen gab, war selbst in Melbourne nichts Außergewöhnliches. Dass auch auf Beerdigungen Überraschungen und kleine Aufmerksamkeiten verteilt wurden, bestätigte allerdings Tess' Theorie über die Besonderheiten des Landlebens und seiner Bewohner.

Kurz bevor sie aufgebrochen waren, hatte Max' Witwe Meg zur Seite genommen und ihr eröffnet, dass ihr Mann sie in seinem Testament bedacht hatte. Meg war darüber vollkommen erstaunt gewesen, vor allem, als sie ihr Erbe ausgehändigt bekam. Jetzt standen die Bewohnerinnen von Drover's Run um den Käfig herum und bewunderten das Tier.

»Ein Hahn«, stellte Jodi mit einem Tonfall zwischen Fassungslosigkeit und Widerwillen fest. »Und ich habe schon gedacht, wir würden jetzt reich.«

Meg beugte sich zu dem Käfig herab, in dem ein farbenprächtiger und recht großer Hahn hektisch den Kopf hin und her wendete. »Das ist nicht irgendein Hahn«, korrigierte sie ihre Tochter. »Das ist ein preisgekrönter Leghorn.«

»Super. Dann verkaufen wir seine Preise und werden dadurch reich«, antwortete Jodi genervt.

»Wie kommst du überhaupt dazu, etwas von Max zu erben?«, wollte Claire jetzt wissen.

Meg zuckte die Schultern. »Keine Ahnung. Ich habe ihn ab und zu mal in der Stadt getroffen. Aber mehr als ‚Hallo, wie gehts?' habe ich nie gesagt.«

»Du hättest ihn besser zum Kaffee einladen sollen«, meinte Jodi. »Dann wäre es vielleicht ein Auto geworden.«

Claire betrachtete den Hahn mit deutlich mehr Interesse als Megs Tochter. »Das ist ein tolles Tier«, stellte sie fest. »Aber komisch – ich hab auch immer Hallo gesagt, und ich habe nichts geerbt …«

Auf einmal wurde Meg von allen Seiten angestarrt. Tess,

Claire und Becky grinsten, als wüssten sie, dass hinter Megs Freundlichkeit noch eine Menge mehr stecken musste. Jodi hingegen riss fassungslos die Augen auf.

»Mom!«, stieß sie aus. »Du hast doch nicht etwa mit einem toten Mann geschlafen?«

Mit einem Mal war aus Megs Gesicht aller Besitzerstolz, den es eben noch gezeigt hatte, gewichen. Stattdessen legte sich ein seliges Lächeln auf ihr Gesicht. Sie sah kurz und triumphierend von einer zur anderen, nahm den Käfig mit ihrem Hahn und schritt zufrieden davon.

Bis zum späten Nachmittag waren die Frauen auf der Martin-Farm geblieben, so dass jetzt nur noch wenig Zeit übrig blieb, um alle nötigen Arbeiten bis zum Abend zu erledigen.

Während Claire noch im Stall beschäftigt war, waren Jodi, Meg und Tess bereits in der Küche und bereiteten das Abendessen vor.

»Ich finde, Alex Ryan ist ganz schön von sich überzeugt«, stellte Tess fest. »Er tut so, als wäre es keine Frage, dass er auch das diesjährige Strohballenrennen wieder gewinnt.«

Jodi zuckte die Schultern. Sie schälte schon seit geraumer Zeit an einer Kartoffel herum, ohne fertig zu werden. »Ich glaube, das steht auch tatsächlich außer Frage«, meinte sie.

»Terry nennt Alex immer den menschlichen Gabelstapler«, pflichtete Meg ihr bei. »Er ist ja auch ein Riesenkerl.«

In diesem Moment kam Becky in die Küche. Auch sie war mit ihrer Arbeit soeben fertig geworden.

»Wie viel wiegt denn so ein Strohballen eigentlich?«, wollte Tess jetzt wissen.

»Ein Strohballen?«, nahm Becky gleich an der Unterhaltung teil. »So etwa fünfundzwanzig Kilo«, schätzte sie.

Tess überlegte einen Moment und starrte konzentriert auf ihre Kartoffel. »Und wie viel wiegt ein ausgehöhlter Strohballen?«

Für einen kurzen Moment sah Meg etwas ratlos aus. »Tess!«, rief sie dann aber lachend. Anscheinend hatte sie den Plan schon durchschaut.

Auch Becky grinste über beide Backen. »Und du meinst, dass Claire dabei mitmacht?«, fragte sie nach. »Das glaube ich nicht«, sagte sie dann mit einem Kopfschütteln, aber noch immer lachend. »Das kann ich mir einfach nicht vorstellen.«

Normalerweise konnte Becky ihre Chefin recht gut einschätzen – aber in diesem Punkt täuschte sie sich. Als Tess Claire von ihrer Idee mit dem ausgehöhlten Strohballen erzählte, war die Schwester, zu ihrem eigenen Erstaunen, gar nicht abgeneigt.

Eigentlich sah Claire sich selbst als einen prinzipientreuen Menschen, und wenn es sich um eine ernste Sache gehandelt hätte, wäre sie auf den Vorschlag ihrer Schwester sicher nicht eingegangen. Bei dem Strohballenrennen aber handelte es sich um ein Spiel - und wenn eine kleine Schummelei dazu diente, erstens Alex einen Denkzettel für seine Großmäuligkeit zu verpassen und zweitens der staunenden Bevölkerung wieder einmal vorzuführen, dass auch Frauen ihren Mann stehen konnten, war dagegen eigentlich nicht mehr allzu viel einzuwenden. Das sagte Claire sich jedenfalls. Außerdem hatte sie auf der Martin-Farm ein interessantes und aufschlussreiches Gespräch mit Nick geführt, welches ihr wieder einmal bestätigt hatte: Man muss manchmal neue Wege gehen.

Nick hatte einen lukrativen Job von einem Headhunter angeboten bekommen - einen Job an der Schnittstelle zwischen Landwirtschaft und Transportwesen. Durch die Erfahrung, die Nick mit den Trucks gesammelt hatte, und zusammen mit seinen Kenntnissen als Farmersohn wäre diese Stelle wie geschaffen für ihn. Claire gab allerdings zu bedenken, dass Harry es sicher alles andere als gern sehen würde, wenn Nick abwanderte. Zur Konkurrenz, wie der Vater es einschätzen würde - selbst wenn diese Firma selbst viel zu groß war, um ihrerseits eine Farm wie Killarney als ernsthaften Konkurrenten anzusehen. Auch diesen Einwand von Tess hatte Nick wohl durchdacht und argumentierte, dass Killarney eines Tages sowieso an Alex gehen würde. Er war der ältere Sohn, und die Erstgeborenen erbten nun mal gemäß der Tradition den Grundbesitz. Daher war es nur sinnvoll, wenn Nick sich nach eigenen Möglichkeiten umsah.

Dass sich der Sohn eines Farmers unter diesen Umständen einen neuen Wirkungskreis suchte und nicht selbstverständlich sein Leben auf dem Hof seines Vaters verbrachte, leuchtete Claire vollkommen ein, obwohl sie es im ersten Moment recht ungewöhnlich fand.

Es mussten also neue Wege gegangen werden – so viel war Claire mittlerweile klar, und das sollte dann auch für das Strohballenrennen gelten. Am Tag des Rennens, das nur kurze Zeit nach Max Martins Beerdigung stattfand, bemühte sie sich daher, keine Zweifel an ihrer neuen Überzeugung aufkommen zu lassen.

Max Martins Wiese, auf der das Rennen traditionell stattfand, war mit Fähnchen, Wimpeln und Girlanden geschmückt. Beth Martin hatte sich viel Mühe gegeben, alles genauso aussehen zu lassen wie zu Lebzeiten ihres Mannes. Buden, in denen Kuchen und Getränke angeboten wurden, waren entlang der Strecke aufgebaut, und rund um den Parcours standen zahlreiche Autos. Niemand, der die Zeit erübrigen konnte, wollte sich das Rennen entgehen lassen. Einige Zuschauer hatten Klappstühle mitgebracht und verbanden die Veranstaltung mit einem spontanen Barbecue-Nachmittag. Junge Mädchen saßen in Gruppen zusammen, ebenso wie Männer mittleren Alters, die in den Kofferräumen ihrer Autos palettenweise Bierdosen mitgebracht hatten. Die »Miss Gungellan« des letzten Jahres trug ihre violette Schärpe und lief mit der Sammelbüchse herum, um Spenden für den nächsten Wettbewerb zu sammeln.

»Natasha Coburn!«, stieß Jodi angewidert aus, sobald sie das Mädchen sah. »Ausgerechnet die ist Miss Gungellan geworden! Die meckert doch immer herum, wie langweilig es hier ist.«

Meg stieß ihrer Tochter sanft mit dem Ellbogen in die Rippen. »Sei großzügig, Jodi. Und sei froh, dass du nicht merken musst, wie einsam Erfolg machen kann.«

Damit ließ sie ihre Tochter stehen und sah sich den Festplatz an, während Jodi zur Ladefläche des Pick-ups ging, wo Tess und Becky mit geheimnisvollen Mienen standen.

»Das Teil ist leicht wie eine Feder«, stellte Tess fest und deutete kaum merklich mit dem Kopf auf einen Gegenstand, der von einer großen Plane verhüllt wurde. »Wir können gar nicht verlieren.«

»Allerdings nur, wenn wir es erst einmal geschafft haben, den Ballen zur Sammelstelle zu schummeln«, schränkte Jodi ein.

»Das wird kein Problem sein«, antwortete Becky. »Craig Woodland macht dort den Posten. Wenn du ihn ablenkst,

Jodi, können Tess und ich den Ballen nach hinten packen, damit Claire den richtigen nimmt.«

Jodi wurde unvermittelt tiefrot. »Mal sehen, was sich machen lässt.«

Unterdessen hatte auch Claire den Platz inspiziert und war auf Alex gestoßen, der gleichzeitig mit seinem Bruder Nick, aber in getrennten Wagen angekommen war.

»Ach, Claire«, sagte Alex nach einer kurzen Begrüßung. Er hatte Claire in den Arm genommen und ging nun eng umschlungen mit ihr über den Platz, während Nick sich zu den anderen Frauen von Drover's Run gesellte. »Willst du dir das wirklich antun? Gegen all die Männer anzutreten? Und speziell gegen mich?«

Claire schmunzelte und hatte Mühe, nicht zu lachen. »Was spricht denn dagegen?«, fragte sie.

»Dass du ein schwaches Weib bist«, antwortete Alex in amüsiertem Tonfall. »Und ich ein starker Mann.«

»Oh, Alex!« Claire verdrehte die Augen. Sie kannte Alex gut genug, um zu wissen, dass es seinen Worten nicht gänzlich an Ernst mangelte. »Ist Harry nicht mitgekommen?«, wechselte sie das Thema.

»Nein«, antwortete Alex etwas säuerlich. »Einerseits sagt er mir, ohne den Pokal bräuchte ich erst gar nicht wieder nach Hause zu kommen. Andererseits muss er ausgerechnet jetzt mit dem Frontlader auf die Patterson-Koppel!«

Claire wusste, wie sehr Alex immer wieder um die Anerkennung seines Vaters kämpfen musste. Unter diesem Aspekt hätte sie ihm den Sieg sogar gegönnt. Aber nun war es dazu zu spät.

Ein Pulk Kinder, vornehmlich kleine Mädchen, kamen nun auf sie zugestürmt. Sie klammerten sich kreischend an Alex' Beine und bestürmten ihn mit der Frage, ob er auch an diesem Tag wieder gewinnen werde.

»Aber natürlich werde ich gewinnen!«, rief Alex im Brustton der Überzeugung aus. »Ihr drückt mir doch wohl alle die Daumen?«

Ein jubelndes »Jaaa!« brandete auf.

»Wir sehen uns später«, verabschiedete sich Claire und befreite sich aus Alex' Umarmung. Sie ging hinüber zu Tess, die nur wenige Schritte entfernt beim Pick-up stand. »Wenn ihm dieses überlegene Grinsen doch nur einmal vergehen würde!«, sagte sie zu ihrer Schwester, zu Alex hinüber deutend.

Tess drehte die Spitzen ihrer Zöpfe, die sie sich an diesem Tag geflochten hatte, um ihre Finger. »Das ist ein frommer Wunsch«, meinte sie.

Während Becky, Tess und Jodi den Strohballen zum Sammelpunkt brachten, sah Meg sich weiter auf der Festwiese um. Von Zeit zu Zeit hatte sie das Gefühl, von merkwürdigen, durchdringenden Blicken gestreift zu werden. Geradeso, als wollten die Leute hinter etwas kommen, das Meg ihnen verheimlichte. Meg war etwas ratlos, konnte sie diese Blicke doch gar nicht einordnen. Erst als Terry zu ihr trat und einen Vortrag über alte und neue Hähne hielt, kam ihr die Erleuchtung.

Es hatte sich herumgesprochen, dass Meg von Max Martin einen Hahn geerbt hatte. Und nicht nur ihre Mitbewohnerinnen auf Drover's Run, sondern die ganze Gegend einschließlich Terry ging nun davon aus, dass sie etwas mit dem Verstorbenen gehabt haben musste.

»Terry, bist du eifersüchtig?«, fragte Meg ihren Freund rundheraus, als sie an einer der Buden standen und den Kuchen probierten, den Max' Witwe gebacken hatte.

Terry, der kein Mann großer Worte war, wie Meg wusste, sah sie nur an. Er tippte kurz an seinen Hut, dann ging er, ohne noch einen Satz herausgebracht zu haben.

Tess und die Mädchen näherten sich inzwischen dem Sammelplatz der Strohballen. Craig Woodland, der an Jodis Geburtstagsfeier schon keinen Zweifel an seinen Gefühlen zu Jodi gelassen hatte, schien sich ein wenig zu langweilen. Seine Aufgabe bestand darin, die Strohballen zu bewachen – damit niemand Unfug damit trieb und etwa einen Ballen wegschaffte, so dass weniger Ballen als Läufer im Spiel waren.

Er gähnte herzhaft, klappte den Mund aber schlagartig zu, als Jodi zu ihm trat. Dass der Pick-up von hinten an den Sammelplatz herangefahren war, hatte er ebenso wenig bemerkt wie Tess und Becky, die darauf lauerten, einen echten Strohballen gegen den präparierten auszutauschen.

»Hallo, Craig«, begann Jodi ihr Ablenkungsmanöver, begleitet von ihrem nettesten Lächeln. Ihre Korkenzieherlocken strich sie hinter die Schulter. »Ich habe gedacht, ich sehe mir den Lauf lieber von hier oben aus an. Was meinst du? Kannst du es empfehlen?«

Craigs Blick flammte auf. »Aber ja, Jodi, und ob! Das ist eine hervorragende Idee!« Er rückte ein Stück auf seinem Strohballen beiseite, um Jodi Platz zu machen.

Aber Jodi blieb stehen. »Ich habe etwas zu trinken dabei«, sagte sie und hob eine kleine Kühltasche in die Höhe. »Sollen wir in den Schatten gehen?«

Ohne seine Augen von der Startlinie zu wenden, wo sich die Teilnehmer des Laufs gerade aufstellten, schüttelte Craig den Kopf. »Da können wir doch nichts sehen. Bleiben wir lieber hier«, meinte er. Und Jodi sandte die ersten hilflosen Blicke zu Tess und Becky, die darauf fieberten, endlich den Strohballen austauschen zu können.

Unterdessen gab Beth Martin das Startsignal.

»Wie hat Martin immer gesagt?«, zitierte sie ihren verstorbenen Mann. »Lauft, als käme der Regen! Also: Auf die Plätze, fertig, ...« Sie blies in ihre Trillerpfeife, und die Läufer setzten sich in Bewegung. Alex ließ seinen Mitbewerbern lässig einige Meter Vorsprung. Erst dann lief auch er los.

Schon nach wenigen Sekunden hatte sich das Feld klar strukturiert: Zwei junge Männer liefen an der Spitze, dann folgte ein breites Mittelfeld, in dem nicht nur Schnelligkeit zum Einsatz kam, sondern in dem auch geschubst und gefoult wurde. Dem Mittelfeld folgten drei Läufer, die offenbar die Taktik des langsamen Anlaufens vertraten, dann erst kam die Nachhut, zu der auch Claire gehörte.

Nach einem kurzen Sprint zu Anfang, hatte sie sich mit Absicht zurückfallen lassen. Sie zog ihre Augenbrauen wie unter Anstrengung zusammen, als Alex sie überholte. Im Stillen aber ließ sie sich nicht beirren. Sie wusste, dass ihre Stunde noch kommen würde.

Oben auf dem Hügel hatte Jodi nun bereits mehrere erfolglose Versuche unternommen, Craig abzulenken. Sie selbst sah, dass die Läufer nun schon gestartet waren. Becky und Tess machten ihr eindeutige Zeichen, dass sie sich auf etwas gefasst machen solle, wenn sie nicht bald zum Ziel kam. Jodi sah sich also zu drastischeren Maßnahmen gezwungen. Mit dem Mut der Verzweiflung versuchte sie die Aufmerksamkeit des Strohballenwärters erneut auf sich zu ziehen. »Craig, ich muss dir etwas zeigen.«

»Was ist denn, Jodi? Gerade jetzt! Jodi? Wo gehst du denn hin?« Ebenso widerwillig wie verblüfft ließ Craig sich nun doch von den Strohballen heruntergleiten. Jodi verschwand hinter dem mächtigen Stamm eines in der Nähe stehenden Baumes.

»Jodi, ehrlich, ich wollte eigentlich das Rennen sehen«, protestierte Craig. »Hey«, war das Einzige, was er noch herausbrachte, als er Jodi gegenüberstand.

Jodi hatte den Rand ihres Pullovers bis über ihre Brust hinaufgeschlagen. »Sieh genau hin. Das gibts nur einmal!« Was tut man nicht alles für einen Sieg beim Strohballenrennen!, schoss es ihr durch den Kopf, während Tess und Becky hinter Craigs Rücken schnell den Strohballen austauschten und sich dann eilig wieder hinter dem Pick-up verschanzten.

Craig wusste offenbar nicht recht, was er sagen sollte. »Würde ich eigentlich nicht sagen. Meine Schwester hat so ein Ding nämlich auch.«

Erst jetzt wurde Jodi bewusst, dass sie unter ihrem Pullover ihr dickes Lieblingsunterhemd trug. Es war aus altrosa Wolle und alles andere als sexy – dafür aber ausgesprochen gemütlich.

»Die sind schön warm, was?«, setzte Craig hinterher.

»Oh ja«, antwortete Jodi ergeben. »Und in vielen verschiedenen Farben erhältlich.«

Sobald Jodi bei Tess und Becky war, musste sie eine Menge Spott über sich ergehen lassen. Craig war inzwischen damit beschäftigt, das Aufnehmen der Ballen zu überwachen und Prügeleien zu verhindern.

»Da!«, zischte Tess, während Becky sich noch über Jodis Unterhemd lustig machte. »Es hat geklappt, Claire hat den richtigen Ballen erwischt.«

Tatsächlich war Claire die Letzte, die bei den Ballen eingetroffen war. Jetzt schulterte sie ihren Ballast und konnte sich kaum ein Grinsen verkneifen, als sie bemerkte, wie die Geschwindigkeit ihrer Konkurrenten schon beträchtlich nachließ. Selbst Alex fiel bereits ein wenig zurück.

Nach wenigen Schritten hatte Claire die überholt, die absichtlich langsamer begonnen hatten. Jetzt zog sie schon am Mittelfeld vorbei. Und kurz darauf näherte sie sich der Spitzengruppe, an deren erster Stelle natürlich Alex lief.

Alex spürte das Herannahen eines Konkurrenten und wandte den Kopf um. Sein Gesicht war vor Anstrengung rot, sein Atem ging stoßweise. Ganz mühelos bewältigte der »menschliche Gabelstapler« diesen Lauf also auch nicht.

Der hügelabwärts verlaufende Teil des Parcours ging bereits zu Ende. Noch eine Kurve, dann befanden sie sich auf der Zielgeraden.

Claire erhöhte die Frequenz ihrer Schritte, atmete zwei Mal tiefer ein. Dann zog sie leichtfüßig an Alex vorbei und gelangte als Erste ins Ziel.

Der Jubel der Umstehenden war unbeschreiblich. Vor allem die Frauen von Drover's Run rissen die Arme in die Höhe und stießen Freudenlaute aus.

»Claire McLeod hat gewonnen!«, verkündete Beth Martin. »Die Siegerin ist Claire McLeod!«

Nur Sekundenbruchteile später war auch Alex an der Zielgeraden angekommen. Mit letzten Kräften hatte er den Ballen hinübergewuchtet, war dabei selbst gestolpert und neben seinem Strohballen im Gras gelandet.

Mühsam rappelte er sich auf und strich sich ein paar Strohhalme aus dem Gesicht. Dann kam er zu Claire und klopfte ihr auf die Schulter.

»Danke, dass du mich vorgelassen hast«, japste Claire. Auch sie war noch ziemlich außer Atem.

Alex schüttelte den Kopf. »Ich habe dich nicht vorgelassen«, antwortete er, während sich sein mächtiger Brustkasten hob und senkte. »Aber du musst geschummelt haben, Claire. Anders kann ich mir die Sache nicht erklären.«

»Wieso sollte sie geschummelt haben?« Genau wie die Frauen von Drover's Run war auch Nick nun zu Alex und Claire hinter die Zielgerade gekommen. Er sah seinen Bruder belustigt an. »Aber – das kann man ja überprüfen.« Schon bückte er sich, um nach dem Strohballen zu greifen.

Ein Schreck durchzuckte Tess. »Aber … aber wieso sollte irgendwas mit dem Strohballen …?«

Es war zu spät. Nick fasste den Strohballen an der Bündelung und hob ihn in die Höhe.

Für den Bruchteil einer Sekunde wanderte sein Blick zu Tess. Es war nicht zu erkennen, ob er verblüfft war, oder ob er genau das erwartet hatte: Der Strohballen war ein Leichtgewicht.

»Der ist völlig in Ordnung«, informierte Nick seinen Bruder. Er setzte den Strohballen wieder ab und knuffte seinen Bruder versöhnlich an der Schulter. »Komm, Alex, sei ein guter Verlierer. Und überhaupt: Dad hat deine Niederlage doch nicht mitbekommen.«

Als Claire mit ihrem Siegerpokal nach Drover's Run zurückkehrte, hatte sie sich schon einen Platz dafür überlegt: eine Schublade im Aktenschrank!

»Gib ihn mir mal«, sagte Tess, als sie gerade das Büro betraten, und nahm ihrer Schwester den Pokal aus der Hand.

»Du kannst ihn mit in dein Zimmer nehmen. Ich will ihn nicht haben.«

»Aber warum denn nicht?« Tess lief zielstrebig auf das Kaminsims zu und postierte den Pokal genau in der Mitte, zwischen den vielen Auszeichnungen, die die McLeods auf ehrenhafte Weise erworben hatten. »Er ist doch eine schöne Erinnerung – na ja, eine lustige Erinnerung«, präzisierte sie.

Claire schnaubte. »Das war kein faires Spiel. Unter normalen Bedingungen hätte ich gegen Alex niemals gewonnen.«

»Ach, komm«, wiegelte Tess ab. »So ernst muss man das doch nicht nehmen. Außerdem, ich dachte, Alex' Angeberei hätte dich genervt?« Sie stützte die Arme in die Hüften und betrachtete wohlgefällig das Blinken des Pokals.

Für einen kurzen Augenblick ließ auch Claire den Pokal auf sich wirken. Sie las die Inschrift: »1. Platz beim Max-Martin-Strohballenlauf« und die Jahreszahl. Dann packte sie den Pokal entschlossen und versenkte ihn - wie vorgesehen - in den Tiefen des Aktenschranks.

»Es geht ums Prinzip«, erklärte sie noch einmal mit Nachdruck. »Unrecht Gut gedeiht nicht. Wir sollten uns lieber unserer Arbeit widmen, unserer ehrlichen Arbeit.« Und so verließ sie das Büro, gefolgt von Tess, um mit ihrer Schwester zusammen die Grenzzäune abzureiten.

Natürlich musste diese Arbeit täglich aufs Neue erledigt werden, aber mitunter war es doch eine recht langweilige Angelegenheit.

Während Claire den Zaun im Blick hielt, ließ Tess ihre Augen umherschweifen. Sie sah die Kameras, mit denen die Ryans die angrenzenden Weiden von Killarney beobachteten.

»Claire, weißt du was? Wir könnten uns diese Arbeit auch sparen. Wir müssen nur die Ryans bitten, ihre Kameras umzudrehen und damit unsere Zäune zu kontrollieren, anstatt ihre blöden Viecher«, schlug sie vor.

Claire schenkte ihrer Schwester einen mitleidigen Blick, obwohl sie wusste, dass Tess ihren Vorschlag nicht ernst meinte. Dennoch wollte sie ihr die Illusion nehmen, dass das Abreiten der Zäune aus irgendeinem Grund eines Tages nicht mehr nötig sein könnte. »Das würde uns ein Vermögen kosten«, antwortete sie.

»Wieso? Zehn Sekunden, dann sind die Kameras herumgedreht.«

»Und Tage, bis Nick den Computer daraufhin eingerichtet hätte«, unterbrach Claire sie. »Solange er überhaupt noch dabei ist.«

Tess sah ihre Schwester überrascht an. »Wieso meinst du das? Hat Nick etwa vor, die Farm zu verlassen?«

Im gleichen Moment wusste Claire, dass sie sich verplappert hatte. Sicher war es Nick überhaupt nicht recht, wenn sie seine Zukunftspläne ausplauderte. Sie drehte den Kopf, suchte nach einer glaubhaften Ausrede …

Und musste sich fürs Erste doch nicht rausreden, denn im selben Augenblick wurde ihre Aufmerksamkeit auf eine feine Rauchfahne gelenkt, die aus einer Senke an der Grenze zwischen Drover's Run und Killarney aufstieg.

Automatisch war Tess dem Blick ihrer Schwester gefolgt und entdeckte nun ebenfalls den aufsteigenden Rauch.

»Komm mit«, rief Claire unruhig. Dann drückte sie bereits ihre Fersen in die Seiten ihres Pferdes und galoppierte los.

Schon von weitem sahen Tess und Claire, dass der umgestürzte Traktor zu Killarney gehörte.

»Um Himmels willen, das ist Harry!«, stieß Claire aus,

als sie den Mann unter dem Motorblock des Vorderladers erkannt hatte. Harrys Beine waren offenbar eingeklemmt, und auch ein Teil seines Oberkörpers lag unter den mächtigen Maschinenteilen.

Aber der Besitzer der Killarney-Farm lebte und drehte nun seinen Kopf in die Richtung, aus der Claires Stimme zu ihm drang.

»Claire! Tess!« Nur leise konnte der Verletzte überhaupt etwas sagen.

»Harry, nicht sprechen«, beschwor Claire den Nachbarn. »Das kostet zu viel Kraft.«

»Mein Telefon«, brachte Harry aber dennoch heraus und wendete seinen Kopf zu der Stelle, wo das Satellitentelefon auf dem Erdboden lag – außerhalb seiner Reichweite.

Sofort griff Tess danach und tippte die Nummer von Killarney ein, während Claire sich Mühe gab, Harrys Kopf ein wenig abzustützen.

»Es funktioniert nicht«, stellte Tess aufgeregt fest. Es gab nur eine Möglichkeit, Hilfe zu holen. »Ich reite nach Killarney!«, sagte sie deshalb schnell entschlossen.

»Beeil dich!«, rief Claire ihr nach, während Tess bereits in den Sattel stieg. Sie griff nach Harrys Hand und umschloss sie fest mit ihrer.

Harry blickte sie an. Furcht war darin zu lesen, Verstörung und Hilflosigkeit. Er richtete sich ein wenig auf, sank dann aber wieder unter Schmerzen zurück.

»Ganz ruhig, Harry. Wir holen Hilfe. Bald wird jemand kommen«, versprach Claire.

Es dauerte tatsächlich nicht allzu lange, bis Nick und Alex mit Terry Dodge eintrafen. Tess war bei Liz Ryan geblieben, die einen leichten Schock erlitten hatte und ebenfalls Hilfe benötigte.

Während Alex und Terry den umgestürzten Vorderlader soweit sicherten, dass er nicht weiter abrutschen konnte, telefonierte Nick über sein eigenes Telefon mit dem Arzt in Fisher. Unglücklicherweise war die ärztliche Station in Gungellan nicht besetzt und der Arzt vielleicht zu einem anderen Notfall unterwegs. Nick gab möglichst präzise den Zustand seines Vaters durch, der immer noch unter der Maschine lag, sehr blass war, aber bei Bewusstsein.

»Zieht mich hier raus!«, brachte Harry hervor, während Nick das Gespräch mit dem Arzt beendete.

»Nein«, sagte er, »du sollst nicht bewegt werden. Das könnte alles noch schlimmer machen.«

Terry, der sich am rückwärtigen Teil des Traktors zu schaffen machte, schüttelte den Kopf. »Noch schlimmer? Geht ja wohl kaum.«

»Ich … ich bekomme langsam keine Luft mehr«, stammelte Harry. »Die Schmerzen in der Brust werden immer schlimmer.«

»Wir ziehen ihn jetzt raus«, entschied Alex.

»Das tun wir nicht«, fuhr Nick ihn an. »Der Krankenwagen ist schon unterwegs. Und der Arzt kommt sicher auch bald.«

Alex ließ seinen Bruder nicht ausreden. »Ich hole den Hubschrauber und fliege den Arzt her.« Damit wandte er sich um und lief zum Wagen.

»Hey, Alex, ich komme mit«, rief Terry Dodge und folgte Alex. »Ich hole den Traktor, damit wir den Vorderlader wieder aufrichten können.«

»Alex!«, rief Harry seinem älteren Sohn nach, der aber bereits im Wagen saß und den Motor anließ. Gleichzeitig verzog Harry vor Schmerzen wieder das Gesicht. »Es wird immer schlimmer.«

»Sind es die Beine?«, erkundigte sich Claire und sah zu Nick. Die Tatsache, dass Harry seine Beine überhaupt noch spürte, war ein gutes Zeichen. Es wäre nicht verwunderlich gewesen, wenn das Gewicht des Vorderladers ihnen für immer ihre Funktion genommen hätte.

Harrys Gesicht war eine Grimasse des Leidens. Seine Haut war fahl, gleichzeitig stand ihm kalter Schweiß auf der Stirn und auf der Oberlippe. »Meine Brust, meine Schulter …«, stammelte er. »Ich kann kaum noch atmen.« Mit einem Mal schienen seine Augen tiefer in ihre Höhlen zu fallen. Die Pupillen weiteten sich, die Augäpfel waren fast schwarz. Harry litt Todesangst.

»Nick«, flüsterte er plötzlich. »Nick, mein Sohn.«

Nick beugte sich ein Stück näher über seinen Vater.

»Nick, du weißt, dass die Farm allein Alex versprochen war. Aber … aber ich … ich ändere mein Testament.« Harrys Stimme wurde heiser. Sie kam nur noch als raues Flüstern über seine Lippen. »Du, Claire, du bist meine Zeugin.«

»Ich bin hier, Harry.« Claire hatte nie daran gedacht, dass sie einmal Harry Ryan, einem alten Freund ihres Vaters, aber ebenso einem Rivalen und Konkurrenten, in diesem Moment zur Seite stehen könnte. Sie umfasste Harrys Hand ein wenig fester.

»Killarney geht zu gleichen Teilen an Nick und Alex. Als Ausgleich für – du weißt schon. Vertragt euch. Geht miteinander um, wie es sich unter Brüdern gehört«, raunte Harry.

Nick musste heftig schlucken. »Ich verspreche es dir, Dad. Alex und ich versprechen es dir.«

»Claire, hast du mich gehört?«, fragte Harry. Es war deutlich zu merken, dass er zunehmend Schwierigkeiten hatte zu sprechen.

Claire drückte Harrys Hand fester. »Ich habe dich gehört, Harry«, sagte sie und konnte das Zittern in ihrer Stimme kaum unterdrücken. »Killarney geht an beide Seiten.«

»Ja«, sagte Harry matt. »So ist es gut.« Dann wurde er ohnmächtig.

8. Kapitel

Tess' bisherige Begegnungen mit Liz Ryan waren eigentlich nicht allzu erfreulich gewesen. Schon bei einem ersten Besuch auf Killarney hatte die Mutter von Alex und Nick sofort bemerkt, wie anziehend ihre Söhne die junge Frau fanden. Und das schien Liz erheblich zu missfallen.

Darüber hinaus war Tess auf Killarney in einige Fettnäpfchen getreten, was sie zunächst gar nicht richtig verstehen konnte. Sie hatte mehrmals eine vergangene Begebenheit angesprochen, nämlich Nicks Rodeounfall und seine leichte Gehbehinderung, die eigentlich im Hause Ryan nicht offen thematisiert wurde. Tess wäre deshalb nie darauf gekommen, ihr Verhältnis zu Liz als unverkrampft oder gar gut zu beschreiben. Allerdings war es selbstverständlich, der Frau eines Schwerverletzten in diesen Stunden beizustehen.

Sie hatte Liz Ryan davon überzeugen können, einige Kleidungsstücke für Harry zusammenzupacken. Man musste kein Arzt sein, um zu wissen, dass Harry ins Krankenhaus eingeliefert werden musste. Die beiden Frauen wollten zwar schnellstens zum Unfallort, es war aber sicher sinnvoll, auch direkt das Notwendige mitzubringen, so konnte Liz ihren Mann gleich ins Krankenhaus begleiten.

Liz gab sich alle Mühe, konzentriert vorzugehen, konnte ihre Verstörtheit aber kaum verbergen. Immer wieder lief sie los, um Dinge zu suchen, die sie längst eingepackt hatte. Tess hatte sich auch angeboten, Liz zu chauffieren, denn es war klar, dass sie in diesem Zustand nicht Auto fahren konnte. »Die Jacke«, sagte Liz und war schon drauf und dran, wieder in die Diele zur Garderobe zu laufen, um eine Jacke für Harry zu holen.

»Mrs. Ryan«, sagte Tess ruhig. »Sie haben die Jacke schon eingepackt. Dort liegt sie.« Sie deutete auf den Korb, auf dem die Jacke obenauf lag.

Mit einem Mal schien Liz in sich zusammenzusinken. »Ich kann das nicht. Ich schaffe es nicht. Ich hasse Krankenhäuser.« Sie schien fast ein wenig zu schwanken.

Sofort sprang Tess auf, um die verzweifelte Frau zu stützen. Liz tastete sich nun langsam und unsicher zu einem Sessel vor und ließ sich hineinfallen.

»Ich schaffe es nicht mehr …«, sagte sie noch einmal.

»Aber Mrs. Ryan, machen Sie sich doch nicht solche Sorgen. Harry ist zäh, er wird es schaffen«, antwortete Tess, während sie sich suchend umsah. Liz brauchte dringend etwas, um ihre Nerven zu beruhigen. Auf einem kleinen Tisch standen einige Flaschen mit Hochprozentigem, aus denen Tess eilig eine Flasche Whiskey aussuchte und Liz ein Glas einschenkte.

Liz trank, dann schloss sie die Augen und atmete tief durch. »Das werde ich ihm nie verzeihen.«

»Aber Mrs. Ryan«, sagte Tess erstaunt und war zugleich erleichtert, dass Liz sich langsam beruhigte. »Es war ein Unfall.«

»Man hätte ihn verhindern können«, antwortete Liz.

»Ihn verhindern?«, wiederholte Tess verwirrt. »Wie meinen Sie das?«

Liz atmete wieder tief durch. »Ich war zu Hause, als ein Verantwortlicher des Rodeos anrief und fragte, ob die Jungs mit unserer Erlaubnis teilnahmen. Sie waren ja minderjährig.«

Tess stutzte kurz. Dann wurde ihr plötzlich klar, dass Liz von einem Ereignis sprach, das ihr wesentlich näher ging als Harrys Verletzung. Es ging um Nicks Unfall, von dem ihr Sohn eine lebenslängliche Behinderung davongetragen hatte.

»Harry hätte es verhindern können«, fuhr Liz fort, nachdem sie noch einmal einen kräftigen Schluck Whiskey genommen hatte. »Warum hat er nicht gesagt, dass die Jungs ohne seine Erlaubnis losgefahren waren? Er wollte ihnen eine Lektion erteilen. Eine Lektion«, wiederholte sie mit einem hilflosen Lachen. »Und was haben wir daraus gelernt?«, setzte sie nach einem weiteren Schluck hinterher und betrachtete ihr Glas.

In der Zwischenzeit war Harry wieder aus seiner Ohnmacht erwacht. Er hustete und spuckte Blut, welches Nick seinem Vater mit einem Taschentuch abwischte. Claire saß noch immer neben dem Verletzten und gab sich vergeblich Mühe, sich die großen Sorgen, die sie sich machte, nicht anmerken zu lassen.

Sicher, es verbanden sie keine freundschaftlichen Gefühle mit Harry. Dazu war Harry Ryan ein viel zu harter Mensch und ein Geschäftsmann, der es einer Reihe von Kollegen schon oft schwer gemacht hatte. Aber er war doch ihr Nachbar, so lange Claire denken konnte, und ein Mensch, der im Haus ihres Vaters aus und ein gegangen war. Dazu war er der Vater von Alex und Nick, die sie von Kindheit an kannte und zu denen sich ihre Kontakte seit Tess' Ankunft auf der McLeod-Farm noch erheblich intensiviert hatten.

Während Nick den Kopf seines Vaters in seinem Schoß hielt, betrachtete Claire ihn verstohlen. Jack McLeod und Harry Ryan hatten ihre Kinder Claire und Nick einander versprochen. Auf diese Weise sollte sichergestellt werden, dass Claire mit einem Mann die Farm weiterführen konnte und Nick ebenfalls Farmer bleiben konnte. Claire seufzte unterdrückt. In diesem Moment tat es ihr Leid, dass

Nick und sie den Wunsch der beiden Männer wohl nicht erfüllen würden. Aufgrund seiner Verletzung war Nick auf einem landwirtschaftlichen Betrieb kaum voll einsatzfähig. Und ob Claire überhaupt jemals heiraten wollte – diese Frage hatte sie bisher noch nicht für sich entscheiden können.

Plötzlich hörte sie aus der Ferne das Motorengeräusch eines Traktors. Nur kurze Zeit darauf zerriss das Knattern eines Hubschraubers die Luft. Über die Wiese näherte sich der riesige Traktor der Ryans, gleichzeitig flog Alex den Arzt mit dem Hubschrauber ein. Vor Erleichterung schossen Claire die Tränen in die Augen. Sie konnte sich nicht erinnern, sich über diese Geräusche jemals so gefreut zu haben.

Sobald Terry mit dem großen Traktor den umgekippten Vorderlader angehoben hatte, konnte Harry aus seiner Lage befreit werden.

Der Arzt stellte fest, dass eine Rippe gebrochen war und diese in den Hohlraum um die Lunge eingedrungen war. Dadurch war die Lunge zusammengefallen – was ausgesprochen schmerzhaft war und vielen Patienten das Gefühl vermittelte, sterben zu müssen. Durch eine Druckbehandlung aber, die der Arzt an Ort und Stelle durchführte, konnte die Lunge wieder befüllt werden; eine ebenfalls schmerzhafte Therapie, nach der sich der Patient aber gleich besser fühlte.

Insgesamt ließ der Arzt keinen Zweifel daran, dass Harry durchkommen würde. Wahrscheinlich würde sein gebrochenes Bein ihn am längsten an diesen Unfall erinnern.

Kurze Zeit später traf auch der Krankenwagen ein und mit ihm ein weiterer Wagen der Killarney-Farm.

Liz war telefonisch von ihren Söhnen informiert worden, dass Harrys Verletzungen nicht lebensbedrohlich waren. Diese erfreuliche Nachricht hatte sie nun doch dazu bewegt, mit Tess zum Unfallort zu fahren. Von dort aus wollte sie sogar Harry ins Krankenhaus begleiten.

Kurz bevor Tess aus dem Wagen steigen wollte, hielt Liz ihre Fahrerin am Arm zurück. »Tess, was ich vorhin gesagt habe«, begann sie. »Ich war außer mir. Das alles ist allein unsere Sache, verstehen Sie?« Liz schien sich jetzt wieder komplett im Griff zu haben. Sie klang so hart und unverbindlich, wie Tess es von ihr gewohnt war.

»Oh, ja. Selbstverständlich werde ich unser Gespräch für mich behalten.« Trotz ihrer Verblüffung gelang es Tess doch, diese Zusicherung zu machen.

Liz sah sie mit einem Blick an, der zu sagen schien: »Das will ich meinen.« Dann stieg sie aus dem Auto und lief zu Harry, der eben mit einer Trage in den Krankenwagen verfrachtet wurde.

Die Sonne stand schon tief, als Tess an diesem Nachmittag den kleinen Hügel hinaufritt. Im Gegenlicht war ihre Schwester, die am Grab von Jack McLeod stand, nur schemenhaft zu erkennen.

»Ich wusste, dass ich dich hier finde«, sagte Tess. Ihre Stimme klang warm, freundlich und Anteil nehmend. Sie richtete ihren Blick auf die Grabsteine und ihre Inschriften. Hier lagen neben Jack Claires Mutter und ihr kleiner Bruder Adam. »Es ist nicht fair, nicht wahr?«, sagte Tess. Sie wusste, wie sehr Claire darunter litt, dass sie ihren Vater nicht rechtzeitig vor seinem Tod gefunden hatte.

Claire schüttelte nur den Kopf und starrte weiter auf Jacks Grab.

»Dad war nicht so ein Mistkerl wie Harry«, entfuhr es Tess dann. »Wusstest du, dass er Nicks Unfall hätte verhindern können?«

Tess konnte einfach nicht schweigen und erzählte Claire alles, was Liz ihr anvertraut hatte. Je mehr sie darüber nachdachte, umso wütender wurde sie. Das Gespräch mit Claire diente ihr als eine Art Ventil, und erst im Nachhinein wurde ihr klar, dass sie gerade ein Versprechen gebrochen hatte.

Claire sah noch immer auf die Grabsteine. »Wenn Alex das wüsste. Er macht sich doch seit Jahren Vorwürfe wegen Nicks Unfall«, sagte sie. Dann wandte sie sich plötzlich um, nahm ihr Pferd am Zügel und stieg in den Sattel.

»Claire, wo willst du hin?«, fragte Tess.

»Ich werde es Alex sagen«, antwortete Claire.

»Aber das darfst du nicht. Ich habe Liz versprochen, es für mich zu behalten!«, rief Tess aufgeregt.

»Dann werde ich sagen, ich hätte dich zum Reden gezwungen«, antwortete Claire und ritt ohne ein weiteres Wort davon.

Auf der Farm brachte sie eilig ihr Pferd in den Stall, dann stieg sie in den Wagen, um nach Killarney zu fahren. Die Wut auf Harry ließ ihr Herz schneller schlagen. Alex war nicht immer der Feinsinnigste, das stimmte. Er war ein Angeber und manchmal ein Elefant im Porzellanladen. Aber er war im Grunde ein guter Kerl und einer der aufrichtigsten Menschen, die Claire je getroffen hatte. Das, was Harry ihm angetan hatte, hatte er nicht verdient.

Claire hatte etwa die Hälfte der Strecke nach Killarney zurückgelegt, als ihr auf der Straße ein Wagen entgegenkam. Sie fuhr langsamer und stellte im Näherkommen fest, dass es Alex war. Sie hielt an, und auch Alex blieb stehen.

»Hallo, Claire, ich war gerade auf dem Weg zu euch«, rief Alex ihr durch die geöffnete Fensterscheibe zu.

»Und ich zu euch«, antwortete Claire. »Gibt es Neuigkeiten?«

Jetzt lächelte Alex. Es war ein erleichtertes Lächeln. »Nur gute«, antwortete er. »Dads Bein ist in Gips, und die

Lunge muss abheilen. Aber im Krankenhaus sagen sie, in ein paar Tagen können sie ihn schon wieder entlassen.«

Auch Claire lächelte jetzt, von Alex' Erleichterung berührt. »Er hat Glück gehabt.«

Sie zögerte einen Moment, fragte sich, ob dies jetzt der richtige Augenblick sei. Doch jede Sekunde, in der Alex sich immer noch schuldig fühlte, war eine Sekunde zu viel, entschied Claire. »Alex, wir müssen reden«, sagte sie und stieg aus.

Auch Alex verließ seinen Wagen. »Claire, ich möchte mich bei dir entschuldigen«, begann er zu Claires Erstaunen. »Dafür, dass ich dir bei Jacks Tod nicht der Freund war, der ich hätte sein sollen.«

Claire war verblüfft. Dieses Gespräch ging in eine ganz andere Richtung, als sie vorgehabt hatte.

»Ich hatte keine Ahnung, was du durchmachst«, fuhr Alex fort. »Und es tut mir Leid, dass ich nicht mehr für dich da war. Ich habe heute wirklich gedacht, wir verlieren Dad. Und da ist mir erst klar geworden, wie viel er mir bedeutet. Und wie viel er für mich getan hat.«

Claire war erschüttert. So sprach also ein Mann, der von seinem Vater jahrelang im Glauben gelassen worden war, eine große Schuld auf sich geladen zu haben.

»Mir ist klar geworden, dass ich ihn wirklich liebe«, fuhr Alex Ryan fort. »Und dass ich ihm dankbar bin. Mir ist vorher nie bewusst gewesen, wie gut ich es bei ihm habe.«

Claire hatte große Mühe, einen Aufschrei zu unterdrücken. Wie konnte man es gut haben, wenn man mit solchen Schuldgefühlen leben musste, wie sie Alex jahrelang eingeredet wurden? »Alex, ich …«, begann Claire. Dann entschied sie von einer Sekunde auf die andere, für den Moment alles auf sich beruhen zu lassen. »Ich bin froh, dass alles so glimpflich verlaufen ist«, beendete sie stattdessen ihren Satz.

Alex lächelte glücklich. »Oh ja, ich auch, Claire. Ich auch.«

Sie nickten einander zu, dann stiegen sie wieder in ihre Wagen.

»Du hättest aber auch einfach anrufen können, um dich nach Dad zu erkundigen, Claire«, meinte Alex noch freundlich. »Du hast doch heute schon genug Zeit für uns investiert.«

Claire schluckte noch einmal, dann setzte auch sie ein Lächeln auf. »Schon gut, Alex. Sicher sehen wir uns bald wieder.« Sie startete den Wagen, wendete und fuhr zurück nach Drover's Run.

Wenn es eine Stunde der Wahrheit über Harry Ryan geben sollte, dann war es jedenfalls nicht diese.

Aber auch dieser aufregende Tag ging irgendwann zu Ende, und das Leben auf Drover's Run verlief wieder in geordneten Bahnen. Claire, Tess, Becky und

Jodi kümmerten sich um die Farmarbeit, während Meg sauber machte und im Garten und in der Küche zu tun hatte. Die eher beschaulichen Arbeiten im Haus gaben ihr Gelegenheit, ihren Gedanken nachzuhängen. Längst vergessen geglaubte Erinnerungen an Max Martin und andere stellten sich ein, die sie mitten im Staubwischen innehalten und dann ungläubig auflachen ließen. Aber auch Terry und die Schwierigkeiten, die sich plötzlich zwischen ihnen auftaten, beschäftigten sie.

Seitdem Meg den Hahn von Max Martin geerbt hatte, verhielt sich Terry ausgesprochen merkwürdig. Immer wieder hatte er zwar beteuert, sich kein bisschen dafür zu interessieren, was zwischen ihr und Max jemals gelaufen sein mochte. Schließlich waren sie ja nicht verheiratet, wie er selbst betonte.

Gleichzeitig aber konnte er seine Eifersucht nur schlecht kaschieren. Er benahm sich wie ein Gockel, dem plötzlich ein Konkurrent in den Stall gesetzt worden war – in diesem Fall offenbar ein preisgekrönter Leghorn.

Lustigerweise war der Hahn einige Tage zuvor im Gemüsegarten plötzlich auf Terry losgegangen. Dieser hatte Meg einen Besuch abstatten und dabei möglichst unauffällig etwas über ihr Verhältnis zu Max Martin herausfinden wollen. Meg hatte sich diesen Angriff zwar nicht erklären können, hatte sich aber durchaus amüsiert. Terry dagegen konnte an der Attacke des Hahns wirklich nichts

Lustiges finden und war wütend und schimpfend abgezogen.

Als Meg jedoch an diesem Nachmittag im Garten etwas holen wollte, lag der Hahn plötzlich tot vor ihr. Vor Wut und Entsetzen schrie sie laut um Hilfe.

Wenige Augenblicke später waren Becky, Tess und Jodi bei ihr und sahen bedauernd auf das prächtige Tier hinab, das offenbar erwürgt am Boden lag.

»Terry Dodge!«, stieß Meg aus. »Ich hätte nie gedacht, dass er zu so etwas in der Lage ist!«

»Der arme Gockel«, sagte Jodi, die von dem Erbstück bislang eigentlich wenig begeistert war. »Aber wer weiß, was Terry mit einem Auto gemacht hätte.«

Tess hatte skeptisch die Augenbrauen zusammengezogen. »Meg, bist du dir denn sicher, dass es Terry war?« Sie kannte den Angestellten der Killarney-Farm nicht gut, aber einen Hahn umzubringen, das traute sie ihm wirklich nicht zu.

»Er hat es angedroht«, bestätigte Meg. »Nachdem der Hahn ihn angegriffen und ihm ins Bein gehackt hat, hat er gesagt: Das werde ich dir heimzahlen.«

»Terry Dodge im Zweikampf mit einem Leghorn?« Auch Becky schien Zweifel an der Sache zu haben. »Ist das nicht ein bisschen albern?«

Becky hatte vorgehabt, Megs Verdacht zu zerstreuen. Stattdessen aber schien sie ihn damit noch zu stützen.

»Albern?«, wiederholte sie. »Natürlich, genau das ist es: albern. Genauso albern wie alle Männer sind. Und da bildet Terry Dodge keine Ausnahme.« Sie drehte sich um und verließ wütend den Garten.

»Mom, wo willst du denn hin?«, rief Jodi ihr nach.

»Es reicht«, gab Meg als Antwort zurück. »Es reicht mir jetzt einfach. Und das werde ich Terry sagen.«

Ein paar Tage, nachdem Harry wieder zu Hause war, machten Claire und Tess ihren Krankenbesuch. Um der Sache einen gewissen Rahmen zu geben, nahmen sie sogar Jacks alten Mercedes. Allerdings gab es sowieso keine Alternative, denn der Pick-up wurde auf der Farm gebraucht.

Tess war der Widerwillen, mit dem sie zur Killarney-Farm fuhr, regelrecht anzusehen. »Müssen wir diesen Besuch unbedingt machen? Max Martin war auch unser Nachbar«, sagte sie, während Claire den Wagen bereits parkte und sie ausstiegen. »Und seine Beerdigung war für uns der einzige Anlass eines Besuches.«

»Tess!« Claire schickte ihrer jüngeren Schwester einen tadelnden Blick.

Tess stöhnte und zuckte die Achseln. »Ich bin einfach sauer auf Harry. Nach dem, was ich über ihn erfahren habe.«

»Bring es einfach hinter dich«, meinte Claire nur. Dann nahm sie die Blumen und ging voraus zum Haus.

Liz öffnete die Tür und brachte die Schwestern gleich zum Krankenzimmer.

Nachdem Tess und Claire Harry begrüßt hatten, nahm Liz von Claire die Blumen entgegen. »Oh, vielen Dank«, sagte sie mit einer Wärme in der Stimme, die sie Tess noch nie entgegengebracht hatte. »Ich stelle sie gleich ins Wasser.«

»Kann ich Ihnen dabei helfen?«, fragte Tess, die hoffte, einem Gespräch mit Harry auf diese Weise entgehen zu können.

»Tess«, sagte Liz Ryan, und ihre Stimme klang spitz und gewohnt herablassend. »Ich bin durchaus in der Lage, die Blumen allein in eine Vase zu stellen.«

»Ach so, aber natürlich«, versicherte Tess schnell. »Dann sehe ich mich so lange draußen ein bisschen um.« Damit machte sie sich eilig aus dem Staub.

Harry saß in einem Sessel, und Claire nahm ihm gegenüber auf der Couch Platz.

»Das ist nett, dass die Schwiegertochter vorbeischaut«, sagte Harry väterlich.

Claire lachte. »Es scheint dir wieder besser zu gehen. Aber mal ehrlich – das Thema ist doch längst durch.«

Mit einer geduldigen Bewegung legte Harry die Zeitung beiseite, in der er soeben geblättert hatte.

»Warum? Es wäre doch absolut vernünftig«, entgegnete er. »Nick und du, ihr versteht euch gut. Und wenn wir die

Farmen zusammenlegen, könnten wir den Viehbestand deutlich vergrößern.«

Claire sah den früheren Mitstreiter ihres Vaters nachdenklich an. Die Angst, der Schrecken und alle Verwundbarkeit, die sein Gesicht entstellt hatten, als er unter dem Vorderlader lag, waren längst daraus verschwunden. Es war wieder das alte, undurchdringliche Harry-Ryan-Gesicht, das in manchen Momenten eine Spur Brutalität zu erkennen gab.

»Hast du deine Meinung geändert?«, fragte sie misstrauisch. »Ich war deine Zeugin, Harry. Ich habe gehört, dass du Nick die Hälfte der Farm versprochen hast. Damit bräuchte er Drover's Run nicht mehr.«

Harry hob die Arme und ließ sie kraftlos wieder herabsinken. »Claire, in einer Notlage verliert man manchmal den Blick für das Sinnvolle. Es ist zwecklos, die Farm an beide zu vererben. Alex und Nick sind zu unterschiedlich. Sie würden sich nicht verstehen und alles von mir Aufgebaute durch ihren Streit herunterwirtschaften.«

Claire kniff die Augen ein wenig zusammen. »Du traust es Nick also nicht zu«, stellte sie fest. »Du denkst, er ist kein guter Farmer.«

Harry lachte leise auf. »Und darum will ich ihn dir aufs Auge drücken?«, ergänzte er. »Nein, nein, so ist es ja nicht, Claire. Im Gegenteil, Nick ist ein findiger Kopf. Der sorgt schon für sich, darauf kannst du dich verlassen.«

In diesem Moment keimte in Claire ein Verdacht auf. Auf irgendeine Weise musste Harry mitbekommen haben, dass die Konkurrenz Nick einen Job angeboten hatte.

»Claire, ich weiß, was ich tue«, fuhr Harry fort. »Und wenn du deine Rolle dabei spielst, wird für alle das Beste herauskommen. Das kann ich dir versprechen.« Er streckte Claire, die sich erhoben hatte, zum Abschied die Hand hin. »Schau mal wieder vorbei, Schwiegertochter – bei deinem alten Schwiegervater.« Dabei lächelte er Claire auf eine fast schon verführerische Weise an, bei der Damen seines Alters durchaus hätten schwach werden können.

Draußen auf dem Hof war Nick gerade dabei, Holz auf einen Anhänger zu laden. »Sattelst du jetzt um? Auf Krankenschwester?«, fragte er.

Claire kam näher. »Es ist wohl immer gut, sich nicht auf einen Job festzulegen.«

Nick lachte und lud einen weiteren Stamm auf. »Wem sagst du das? Ich habe allerdings dem Headhunter abgesagt. Die Konkurrenz wird weiter ohne mich arbeiten müssen.«

Schon als sie Nick gesehen hatte, stand Claires Entschluss fest, offen mit ihm zu sprechen. Bei seinen Worten wurde ihr umso bewusster, dass sie keine Minute länger warten durfte.

»Nick, wir sind Freunde. Ich war Zeugin von dem, was dein Vater nach seinem Unfall gesagt hat, und ich kann dich jetzt nicht im Unklaren lassen. Dein Vater hat seine Meinung geändert. Du wirst keinen Anteil an Killarney erhalten.«

Nick, der eben noch so gut gelaunt war, ließ den Holzstamm, den er in Händen hielt, sinken. »Aber sein Unfall war erst vor einer Woche. Wie kann er so schnell seine Meinung ändern?«

»Er wollte dich damit halten. Er braucht dich noch auf Killarney. Jedenfalls vorerst noch.«

Nick schluckte. »Hat er das gesagt?«, wollte er wissen.

Claire atmete tief ein. »Er hat wieder davon angefangen, dass wir heiraten sollen. Ich bin wohl so eine Art Trostpreis«, meinte sie mit einem hilflosen Lächeln.

Jetzt musste auch Nick wieder grinsen. »Mach dir nichts draus, Claire. Auf dieser Farm gibt es nur einen Gewinner. Nur einen, der immer alles richtig macht, der weiß, was er tut, und dem alle Ehre gebührt.« Zu Claires Erstaunen sagte Nick dies anscheinend ohne Groll. »Alex bekommt die Farm«, fuhr er fort. »Und ich sehe mich um.« Er packte den nächsten Stamm und warf ihn auf den Anhänger. »Nimm es mir nicht übel, Claire, aber ich muss jetzt wieder weitermachen.«

Im Davongehen drehte sich Claire noch einmal um und sah, wie Nick mit einem heftigen Schwung eine Axt auf die Ladefläche warf. Ganz so, als packte er all seine Wut und seine Enttäuschung in diese Bewegung.

Es war nun schon einige Tage her, dass Meg Terry den Laufpass gegeben hatte. Während sie die Hühner fütterte, schweiften ihre Gedanken wieder zu dem schönen Hahn und seinem schrecklichen Ende. Sie wollte nicht mit jemandem zusammen sein, der an unschuldigen Tieren seinen Frust ausließ. Dennoch zweifelte sie manchmal an ihrer Entscheidung. Hatte sie Terry wirklich die ganze Zeit über so falsch eingeschätzt? Dass ihre Beziehung allerdings so unschön geendet hatte, nämlich an einem Zaun auf der Grenze zwischen Drover's Run und Killarney, darüber war Meg wirklich traurig.

Während sie ihren Hühnern Körner zuwarf, kam Jodi in den Garten. »Mom«, sagte sie. »Weißt du, wer zum zweihundertsten Mal angerufen hat und dich sprechen will?«

Meg sah nur kurz auf, antwortete aber nicht.

»Bitte geh beim nächsten Mal dran. Sonst ist bald nicht nur der Gockel tot, sondern auch Terry«, bat Jodi ihre Mutter eindringlich.

»Selbst wenn ich mit ihm sprechen würde, er würde ja doch weiter leugnen, dass er es getan hat«, antwortete Meg mürrisch. »Darum ist es sinnlos.«

Jodi kam jetzt näher und ging neben ihrer Mutter in die Hocke. »Mom«, sagte sie wieder leise. »So viele Männer gibt es nicht in der Gegend.«

Unwillig schüttelte Meg den Kopf. »Das ist kein Grund, mit jemandem zusammenzubleiben.«

»Das weiß ich«, sagte Jodi schnell. »Aber Terry ist doch eigentlich ein guter Kerl.« Dabei musste sie sich ein Grinsen verkneifen, denn anfangs, als sie von der Beziehung zwischen Meg und Terry erfahren hatte, war sie nun wirklich nicht begeistert gewesen. »Ich finde, bevor du Terry in die Wüste schickst, solltest du seine Argumente noch einmal prüfen. Du musst dir ganz sicher sein, dass er den Gockel umgebracht hat. Hundertprozentig oder besser tausendprozentig.«

Meg sah ihre Tochter skeptisch an, und zwar nicht nur, weil sie an ihren Rechenkünsten zweifelte. »Wer sollte es denn sonst getan haben?«, entgegnete sie.

Jodi zuckte die Schultern. »Wer könnte denn sonst noch denken, dass du etwas mit Max Martin hattest – und darüber sauer sein?«

Meg starrte einen Augenblick vor sich hin. Doch mit einem Mal kam die Erleuchtung, und sie sprang, wie von der Tarantel gestochen, in die Höhe. »Oh, Mist!«, war alles, was sie herausbrachte.

Das Gespräch mit Beth Martin war zunächst alles andere als angenehm für Meg. Die Witwe war davon überzeugt, dass zwischen ihrem Mann und Meg tatsächlich etwas gelaufen war. Dass die beiden eigentlich nur ein einziges Mal länger miteinander gesprochen hatten, nahm sie Meg anfangs gar nicht ab, und Meg wusste selbst nicht, warum sie die harmlose Geschichte nicht schon viel früher erzählt hatte. Vor einigen Jahren bei der Hühnertombola im Pub in Gungellan hatte Meg sich bereit erklärt, für Max die Glücksfee zu spielen, und hatte prompt das große Los für ihn gezogen, den ersten Preis. Max hatte mit Meg teilen wollen. Aber da es sich bei dem ersten Preis um ein Tiefkühlhähnchen gehandelt hatte, hatte Meg auf ihre Hälfte verzichtet. Max hatte daraufhin versprochen, sich beim nächsten Mal zu revanchieren. Vor seinem Tod war es dazu aber nicht mehr gekommen.

Tatsächlich hatte Beth Martin in ihrer Verzweiflung über den Tod ihres Mannes und seine vermeintliche außereheliche Affäre dem Hahn den Hals umgedreht – was sie jetzt zutiefst bedauerte.

Die Frauen trennten sich in Freundschaft – nicht ohne dass Beth Martin das Gewicht ihres stattlichen Körpers für einige Augenblicke auf die Schultern der eher zierlichen Meg stützte, um noch eine letzte Träne über die vermeintliche Hühner-Affäre zu verlieren.

Tess und Claire saßen unterdessen zusammen im Büro von Drover's Run, eine Tasse mit Instant-Kaffee in der Hand. Tess hatte sich so an diesen Kaffee gewöhnt, dass sie längst nicht mehr an Cappuccino dachte.

»Die Nachricht, dass er die Hälfte von Killarney doch nicht bekommt, muss Nick umgehauen haben«, stellte Tess nachdenklich fest.

»So wie er reagiert hat, schien er mit einer Lüge seines Vaters fast gerechnet zu haben«, antwortete Claire.

»Was blieb ihm denn anderes übrig?«, hielt Tess dagegen. »Hätte er dir eingestehen sollen, dass er auf seinen eigenen Vater hereingefallen ist? Wenn Harry wirklich in diesem Moment gestorben wäre, dann hätte dieser Wille doch gegolten.«

Claire strich sich die Haare aus dem Gesicht, hielt sich die Tasse an die Lippen, ohne zu trinken, und starrte auf den ausgeschalteten Bildschirm des Computers. »Als ich mitbekam, dass Dad dir die Hälfte von Drover's Run vermacht hatte, war ich furchtbar sauer. Ich habe es nicht verstanden. Seitdem ich hier lebe, arbeite ich mir die Knochen kaputt. Und ich glaubte, dir sei ohnehin egal, was hier passiert ...«

Tess setzte ihre Kaffeetasse ab. »Ich kann dich verstehen«, sagte sie. »Ich glaube, mir wäre es an deiner Stelle genauso gegangen.«

Jetzt sah Claire ihre Schwester an. »Aber es war richtig, so wie er es gemacht hat«, sagte sie. »Für jeden die Hälfte – sonst endet man so wie die Ryans.« Unvermittelt stand sie auf, ging zum Aktenschrank, öffnete die oberste Schublade und holte den Pokal des Strohballenrennens heraus. Mit einer schwungvollen Bewegung setzte sie ihn auf den Kaminsims.

Tess war verblüfft. »Ich dachte, du schämst dich dafür?«

»Na ja«, meinte Claire und sah den Pokal mit einer gewissen Befriedigung an. »Wenn diese kleine Schummelei das Unrechteste ist, was wir je getan haben – dann sind wir gegenüber anderen Leuten ja noch ganz gut dran.«

Sie grinste, dann ging sie hinaus – und klopfte dabei Tess noch einmal kurz und schwesterlich auf die Schulter.

9. Kapitel

Tess erinnerte sich noch gut daran, dass sie kurz nach ihrer Ankunft auf Drover's Run die farmerischen Fähigkeiten ihrer Schwester ernsthaft angezweifelt hatte. Vor fünf Monaten hatte Claire auf der Viehauktion in Pinnaroo durch den Verkauf von Vieh eine Menge Geld eingenommen. Die Hälfte dieses Erlöses – wie eben überhaupt die Hälfte von Drover's Run – hätte Tess gehört. Ohne aber Tess auch nur eine Sekunde in ihre Entscheidung mit einzubeziehen, kaufte Claire von dem eingenommenen Geld spontan eine Herde schlecht ernährter, kränklicher Schafe, von denen auf dem Heimweg dann auch noch einige verendet waren. Tess hatte sich so sehr darüber geärgert, dass sie, um nicht verrückt zu werden, dieses Ereignis vollkommen aus ihrem Gedächtnis gestrichen hatte.

Doch die farmerischen Fähigkeiten von Claire waren bei weitem nicht so schlecht, wie es damals auf den ersten Blick schien. Nach fünf Monaten Hege und Pflege auf der McLeod-Farm hatte Claire die ehemals abgemagerten Schafe mit vierhundert Prozent Gewinn weiterverkauft.

Dieser Triumph sollte mit einem schönen Essen im Restaurant in Gungellan gefeiert werden.

Claire parkte den Pick-up auf dem Parkplatz an der gegenüberliegenden Straßenseite des Pubs, und die Frauen stiegen aus. Als Tess sich nun von der Ladefläche eine große Reisetasche nahm, erntete sie einen zugleich spöttischen wie ratlosen Blick ihrer Schwester. »Kannst du mir mal sagen, was du da alles drin hast?«, fragte sie.

»Nicht viel, nur das Nötigste und ein Partykleid für den Abend«, sagte Tess, als wäre es das Normalste von der Welt, zu einem kleinen Essen eine riesige Reisetasche mitzunehmen.

»Ein Partykleid? Wir feiern keine Party. Wir gehen bloß essen«, erklärte Claire.

Ihre Schwester zuckte die Schultern. »Oh, man weiß nie, wie so ein Abend endet.«

Becky, die bereits zum Restaurant vorangegangen war, kam zum Wagen zurück. »Pech gehabt«, meinte sie. »Das Restaurant muss heute geschlossen bleiben. Charlies Frau liegt in den Wehen.«

Augenblicklich wurden die Gesichter der Frauen lang.

»Und was machen wir jetzt?«, fragte Meg. »Wir wollten doch feiern.«

»Gehen wir in den Pub.« Auf diesen Vorschlag von Becky folgte zunächst betretenes Schweigen.

»Bist du sicher?«, fragte Tess nach.

Becky zuckte die Schultern. »Klar. Man kann sich doch in seinem Leben nicht durch einen Widerling wie Brian einschränken lassen.« Mit diesen Worten ging sie selbst zum Pub voran.

Brian warf den Frauen, speziell Becky, skeptische Blicke zu, als sie seinen Pub betraten. Er schien über diesen Besuch nicht gerade erfreut.

»Oh, ein neuer Billardtisch?«, fragte Becky auch noch ganz unschuldig, während Brian die Bestellungen aufnahm.

»Du suchst wohl Ärger«, antwortete der Wirt und musterte Becky eindringlich. Seine Vermutungen über den Verbleib des alten Billardtisches schienen sich zu bestätigen.

Die Stimmung war schon jetzt angespannt, und Tess spürte, dass es ziemlich schnell unangenehm werden könnte.

»Hey, Leute, wie wäre es mit Karaoke?«, unterbrach sie deshalb das Gespräch zwischen Brian und Becky. Sie packte ihre Schwester an der Schulter und zog sie mit sich auf die kleine Bühne des Pubs. »Bestimmt gibt es auch einen Song über dünne Schafe. Und Jodi – du bist als Nächste dran!«, rief Tess aufgekratzt.

Der Auftritt der McLeod-Schwestern fand allgemeine Aufmerksamkeit und trug tatsächlich dazu bei, die Atmosphäre zu entschärfen – nicht zuletzt dadurch, dass Becky sich von der Theke abwendete und an die Bühne herantrat, um von dort der Darbietung zu lauschen.

Jodi lief inzwischen nach draußen. Sie hatte ihre kleine Kosmetiktasche im Auto liegen lassen, in der sich ihr Lieblingslippenstift befand. Ohne ihn war ein Karaoke-Auftritt undenkbar! Rasch zog sie sich im Rückspiegel die Lippen nach, als sie plötzlich eine Bewegung im Hintergrund des Spiegels wahrnahm. Sie ließ ihren Arm sinken und sah genauer hin.

Durch den Rückspiegel blickte sie auf eine kleine Abstellfläche, die sich hinter der Terrasse des Pubs befand. Hier standen die Mülltonnen der Kneipe, und hier sammelte Brian auch die leeren Flaschen. Ein durchbrochener Holzzaun trennte die Abstellfläche von den Tischen für die Gäste.

Soeben war Kimmy, Brians Thekenhilfe, mit einem Müllsack herausgekommen, gefolgt von Brian, der eine Kiste mit leeren Flaschen trug. Kimmy warf die Mülltüte in die Tonne und versuchte dann, sich rasch an Brian vorbeizudrücken.

Der hatte seine Kiste aber schon abgestellt, fasste Kimmy an den Handgelenken und zog sie an sich heran. Das junge Mädchen wehrte sich, und mit deutlichem Widerwillen ließ Brian sie wieder los. Bevor sie im Haus verschwand, warf sie noch einen Blick zum Pick-up der McLeods hinüber.

Jodi, die das Geschehen zunächst im Rückspiegel beobachtet hatte, hatte sich inzwischen herumgedreht und begegnete nun Kimmys Blick, die nach kurzem Zögern schnell zurück in den Pub lief. Brian, der ebenfalls die Beobachterin des Geschehens ausgemacht hatte, schwankte einen Moment, dann setzte er eine Unschuldsmiene auf und folgte Kimmy gemächlich ins Haus.

Im Lauf des Nachmittags füllte sich der Pub zusehends. Hier ein Bier auf das Wochenende zu trinken, war eine der wenigen Freizeitvergnügungen, die die Gegend zu bieten hatte. Und da auch noch das Restaurant geschlossen war, erfreute sich die Kneipe heute eines besonders regen Zulaufs.

Ebenso wie Claire war Alex am Tag zuvor in Pinnaroo bei der Versteigerung gewesen. Im Gegensatz zu ihr schien er aber auch noch die Nacht dort verbracht zu haben, was öfter vorkam, wenn zum Beispiel für einen spontanen Kauf die Transportmöglichkeit zur Farm nicht gleich zur Verfügung stand. Auf seinem Rückweg hielt er nun ebenfalls in Brians Pub an, um sich mit ein paar Bier auf das Wochenende einzustimmen. Zunächst aber schien er seinem Vater per Satelliten-Telefon Bericht von der Viehauktion erstatten zu müssen.

Claire, Tess, Becky und Meg saßen mittlerweile auf der Terrasse, während Jodi drinnen für ein paar schnell gefundene Fans einen Karaoke-Song nach dem anderen schmetterte.

»Ja, Dad, es sind erstklassige Lämmer zu einem Superpreis«, beschwichtigte Alex gerade seinen Vater, der am anderen Ende der Leitung offenbar die Aktivitäten seines Sohnes kritisch kommentierte. »Und wir hatten auch schon versucht, dich auf dem Weg anzurufen ... Nein, ich habe nicht erfahren, wer Wilgul gekauft hat«, antwortete er dann auf eine Frage, die seinen Vater stark zu interessieren schien.

Claire konnte sich ein Grinsen nicht verkneifen. Der Verkauf von Wilgul, Bill Tilsons alter Farm, war natürlich eines der Hauptthemen in Pinnaroo gewesen. Claire wusste, dass auch Harry Ryan zum Kreis der Bieter gehört hatte, allerdings war er wohl nicht der Einzige gewesen. Eine ganze Reihe Kaufwilliger hatte geboten. Zu ihrer Beruhigung bekam sie mit, dass die Farm – heruntergekommen, wie sie war – dennoch zu einem ganz ansehnlichen Preis gehandelt wurde. Dies war immerhin eine Orientierung für den Wert von Drover's Run – falls die Bank einmal wieder auf schnellere Abzahlung der Kredite drängen sollte.

Vor dem Pub parkte jetzt ein Wagen, dessen Motorengeräusch Claire bekannt vorkam. Nick stieg aus, blieb einen Moment stehen – offenbar machte ihm nach längerem Sitzen seine verletzte Hüfte zu schaffen – und kam dann langsam an den Tisch herüber, an dem jetzt nur noch Claire und Tess saßen. Terry Dodge, der mit Alex in den Pub gekommen war, hatte Meg irgendwo nach drinnen gelotst, offenbar um ihre Versöhnung zu feiern, und Jodi war nach ihrem Auftritt aufgeregt tuschelnd ebenfalls verschwunden.

An ihrer Stelle hatte Alex inzwischen bei den Schwestern Platz genommen, und Tess schlug kichernd vor, ob man jetzt nicht auf abgemagerte Kühe setzen sollte.

Claire sah Nick entgegen. »Hallo, Nick. Bist du wieder zurück?« Alex hatte eben berichtet, dass Nick auf Geschäftsreise sei. Dabei war ihr nicht entgangen, mit welch merkwürdigem Gesichtsausdruck Alex das Wort Geschäftsreise aussprach. Obwohl klar war, dass Nick niemals Teilhaber von Killarney werden würde, schien ihm der Gedanke, dass sein Bruder eigene Wege ging, fremd zu sein.

»Wir waren uns schon etwas unsicher, ob wir dich jemals wieder zu Gesicht bekommen würden«, pflichtete Tess ihm bei. Ihren Worten war zu entnehmen, dass sie größtes Verständnis für Nicks eigenständige Unternehmungen hatte.

»Warum denn nicht? Ich wohne doch hier«, antwortete Nick lächelnd und ließ sich am Tisch nieder.

»Wie war denn die Geschäftsreise?«, erkundigte sich Claire.

Nick lächelte sein bekanntes undurchdringliches Lächeln. »Sie war sehr erfolgreich«, antwortete er geheimnisvoll.

»Freu dich auf zu Hause«, empfahl Alex seinem Bruder. »Dad ist schlecht drauf und spuckt Gift und Galle. Jemand hat ihm Wilgul vor der Nase weggeschnappt.«

Eigentlich hatte Claire ja damit gerechnet, zuckte jetzt aber trotzdem zusammen, als sie hörte, dass Harry Ryan tatsächlich für die Tilson-Farm mitgeboten hatte. Sein Wille zur Expansion war also ungebrochen. Und sicher stand Drover's Run immer noch als Filetstück ganz oben auf der Liste der Grundbesitze, die Harry sich einverleiben wollte.

»Ich weiß«, antwortete Nick auf die Worte seines Bruders.

Alex richtete sich auf. »Weißt du denn auch, wer es ist? Dann sollten wir demjenigen ein gutes Angebot machen.«

Ein entspanntes, kaum überlegenes Lächeln machte sich auf Nicks Gesicht breit. »Sagen wir, das Doppelte von dem, was ich bezahlt habe.«

Alex fiel fast die Kinnlade herunter. »Du?«

»Du hast wirklich Wilgul gekauft?«, rief Tess ungläubig.

»Ich habe die rauchenden Trümmer gekauft. Und ich bin fest entschlossen, die Farm wieder aufzubauen und wieder zu dem zu machen, was sie einmal war: ein gut gehendes Unternehmen.«

Claire war noch immer völlig verblüfft. Gleichzeitig

machte sich aber ein Gefühl großer Erleichterung in ihr breit. Wenn Nick ihr neuer Nachbar wurde, konnte sie beruhigt in die Zukunft sehen. Beruhigter zumindest, als wenn Ryan senior der neue Besitzer Wilguls gewesen wäre.

Alex schien alles andere als begeistert zu sein. »Das musste ja so kommen«, war sein einziger Kommentar.

»Was willst du?«, entgegnete Nick. »Ich vergrößere Dads Reich um viertausend Morgen. Ist das nichts?«

Alex' Gefühle waren eher gemischt. »Willst du auch ein Bier?«, fragte er dann aber unverhofft.

»Ja, gern, das könnte ich jetzt vertragen«, meinte Nick.

Alex stand auf, um eine weitere Runde Bier für den gesamten Tisch zu holen. Tess folgte ihm, um beim Tragen zu helfen.

Claire grinste Nick verschwörerisch an. »Gibs zu«, forderte sie ihn auf. »Das hast du nicht unbedingt gemacht, um deinem Vater einen Gefallen zu tun.«

»Irgendwie hoffe ich schon, dass Dad Wilgul als einen Teil von Killarney betrachten wird«, antwortete Nick ausweichend.

»Weil du dann seine Maschinen benutzen kannst«, ergänzte Claire wissend.

»Aber Claire, wo denkst du hin?«, empörte sich Nick zuerst. Dann wurde sein zaghaftes Lächeln endlich zu einem offenen Lachen. »Nicht nur die Maschinen. Ich brauche doch auch das Personal!«

Claire hob ihr Glas, in dem sich ein letzter Rest Bier befand und trank Nick lachend zu. »Nick Ryan, du bist ganz schön durchtrieben.«

»Woher ich das wohl habe?«, entgegnete Nick, während Claire ihr Glas auf Nicks Wohl und das von Wilgul leerte.

Meg, Tess und Claire war nicht entgangen, dass dieser fröhliche Nachmittag für Becky mit einem ziemlichen Schock begonnen hatte. Sie hatte nämlich feststellen müssen, dass ihr kleiner Bruder Seany zwar nicht mehr für den älteren Mark arbeitete, dafür aber bei Brian einen Job in der Küche angenommen hatte. Und dabei sollte er doch eigentlich zur Schule gehen!

Die anderen Frauen wussten, wie sehr Becky befürchtete, dass ihr Bruder Seany ebenso wie Mark auf die schiefe Bahn geriet. Nur deshalb hatte sie bei der Giftfass-Affäre darauf verzichtet, die Polizei einzuschalten, in der Hoffnung nämlich, Seany wieder auf den richtigen Weg zu bringen.

Die Beobachtungen, die Jodi gemacht hatte, als sie im Pick-up ihre Lippen schminkte, besserten Beckys Laune nicht gerade auf. Kimmy befand sich also in genau derselben Situation wie Becky noch vor kurzer Zeit. Und wahrscheinlich hatte es Brian auch gegenüber Kimmy nicht beim Anfassen und ähnlichen Belästigungen belassen.

Nach allem, was Becky nun wusste, war sie fest entschlossen, mit dem Mädchen zu reden. Als Kimmy einige Getränke in den hinteren Teil des Gastraumes brachte, dorthin, wo der neue Billardtisch stand, passte Becky sie kurzerhand ab.

»Kimmy!« Damit niemand die beiden beobachten konnte, fasste Becky das Mädchen am Handgelenk und zog es um einen kleinen Mauervorsprung herum. »Ich weiß, was Brian mit dir macht. Er hat dasselbe bei mir getan.«

»Du weißt überhaupt nichts!«, zischte Kimmy, doch ihre unruhig zuckenden Mundwinkel bestätigten das Gegenteil.

»Kimmy, ich weiß, wie es dir geht«, sagte Becky eindringlich. »Und ich weiß, dass du die Sache leugnest, weil du selbst nicht willst, dass sie passiert ist. Aber du musst dazu stehen. Und du musst zur Polizei gehen.«

Kimmys Gesicht war jetzt kalkweiß. »Erzähl du mir doch nicht, was ich machen soll«, entgegnete sie. »Wenn du dich so gut auskennst – warum bist du dann nicht zur Polizei gegangen? Weil du Angst hattest«, gab sie selbst die Antwort auf ihre Frage.

Für einen Moment wusste Becky nicht, was sie sagen sollte. Sie erinnerte sich nur zu gut an den Moment, in dem sie mit Tess vor der Wache stand – und dann im letzten Augenblick abgehauen war.

»Siehst du«, sagte Kimmy, als hätte sie Beckys Gedanken gelesen. »So war es nämlich. Also, lass mich gefälligst in Ruhe – endgültig!« Damit trat sie hinter dem Mauervorsprung hervor.

»Kimmy!«, rief Brian ärgerlich. Anscheinend hatte er das Mädchen schon gesucht. »Wo steckst du denn?«

»Komme schon«, antwortete Kimmy, während Becky wütend und nachdenklich zugleich stehen blieb.

Jodi kam nun zu ihr, um sich nach dem Gesprächsverlauf zu erkundigen, aber Becky antwortete ihr nicht. Sie machte einige Schritte nach vorn und griff im Vorübergehen nach dem Schürhaken des Kamins.

»Becky, was hast du vor?«, stieß Jodi aus.

»Ich mach ihn fertig!« Bevor Becky aber zuschlagen konnte, fasste Jodi schnell wie der Blitz nach ihrer Freundin und bekam sie an der Jacke zu fassen. »Du machst alles nur noch schlimmer!« Sie sprach eindringlich, mit gedämpfter Stimme.

»Aber es ist doch meine Schuld, dass er es immer weiter versucht!«, antwortete Becky.

»Dann geh zur Polizei!«, schrie Jodi ihre Freundin jetzt fast an. Sofort drehten sich einige Köpfe zu ihnen. »Es ist ihr Job, Leute wie ihn aus dem Verkehr zu ziehen.«

Becky biss sich auf die Lippen und flüsterte: »Und die Sache mit dem Schuss und all den gestohlenen Gegenständen?«

Jodi überlegte einen Augenblick. »Das alles ist weit weniger schlimm als das, was Brian getan hat, und immer wieder tun wird, wenn du es nicht verhinderst«, sagte sie fest.

Worüber Becky und Jodi so aufgeregt sprachen, konnte Tess nicht hören. Von ihrem Platz am Tresen aus, zu dem sie mittlerweile mit Claire und den Ryan-Brüdern gewechselt war, sah sie nur, dass die beiden Mädchen ein heftiges Wortgefecht führten. Kurz darauf rauschte Becky nach draußen, wo ihr Bruder Seany gerade die Tische abwischte. Brian folgte ihr sofort, als er sah, dass sie ging.

Nur kurz darauf kam Becky zurück in den Gastraum, schnappte sich ihre Jacke und verließ den Pub. Tess und Jodi wechselten einen kurzen Blick, dann liefen sie ihr nach.

»Wir treffen uns heute Abend wieder. Ich kann nicht hier bleiben«, rief Becky Jodi und Tess zu. »Brian hat mir gedroht. Ich wollte, dass Seany aufhört, hier zu arbeiten. Und Brian hat gesagt, ich soll abhauen, sonst könnte Seany sich zufällig mal in der Küche verletzen.«

Tess konnte sich nicht erinnern, die sonst so coole Becky jemals so außer sich gesehen zu haben. »Becky, du musst ihn anzeigen«, riet auch Tess ihr eindringlich.

»Dazu ist es zu spät«, antwortete Becky. »Die Sache liegt Monate zurück.«

»Das macht nichts«, entgegnete Tess. »Viele Frauen finden erst nach langer Zeit den Mut, zur Polizei zu gehen; manchmal erst nach Jahren.«

»Es gibt da nur ein Problem«, warf Jodi bedächtig ein. Sie wechselte einen Blick mit ihrer Freundin, als wolle sie ihr Einverständnis einholen. »Becky hat Brian ins Bein geschossen.«

Tess traute ihren Ohren nicht. »Wie bitte?«

Becky machte eine ungeduldige Bewegung, als sei es ihr lästig, über dieses Thema zu sprechen. »Er kam auf die Farm. Er wollte ...« Sie unterbrach sich, ließ den Umstand, dass Brian seine Autoreifen zurückfordern wollte, unter den Tisch fallen.

»Ich wollte, dass er zugibt, was er getan hat. Dass er mich vergewaltigt hat. Dass er nicht weiter behauptet, ich hätte es gewollt.«

»Und darum hast du auf ihn geschossen«, ergänzte Tess fassungslos.

»Nur ins Bein«, kam Jodi ihrer Freundin zu Hilfe.

»Es ist auch egal«, schloss Becky und drehte sich um. »Wenn ich nicht gehe, will er Seany etwas antun.« Sie drehte sich um.

»Moment, Moment!« Tess hielt Becky am Arm fest. »Wir müssen etwas unternehmen«, sagte sie aufgebracht. »Jodi, du hast ihn doch mit Kimmy erwischt, oder?«

»Ja, aber ich habe nicht genug gesehen«, antwortete Jodi.

Tess nickte. »Okay, dann müssen wir einen anderen Weg wählen. Wir müssen ihn auf frischer Tat ertappen.«

»Wie bitte?«, stieß Jodi angewidert aus. »Wie willst du das denn anstellen?«

»Becky, du hast gesagt, dass Brian immer nach der Schließung des Pubs besonders unangenehm wurde«, wandte Tess sich wieder an Becky.

Becky nickte. »Kann man so sagen.«

»Dann müssen wir eben alle hier übernachten«, stellte Tess fest.

»Hier übernachten? Das wird Claire niemals wollen«, antwortete Jodi.

Mit dieser Einschätzung hatte sie zweifellos Recht. Bei allem Profit, den Claire durch den Verkauf der Schafe erzielt hatte – sie gehörte sicher nicht zu den Leuten, die das Geld zum Fenster hinauswarfen. Trotzdem war Tess fest entschlossen, ihren Plan durchzuführen. »Das lasst mal meine Sorge sein«, antwortete sie den Mädchen. Dann ging sie zurück in den Pub.

Claire hatte wirklich wenig Verständnis für Tess' Vorschlag, in Gungellan zu übernachten. Sie sträubte sich mit allen möglichen Argumenten: dass es Unfug sei, für eine Übernachtung in der Stadt Geld auszugeben, wenn das eigene Bett nicht allzu weit entfernt auf Drover's Run stehe. Und dass, außer für ein paar Stunden, immer jemand auf der Farm sein müsse, um die anfallenden Arbeiten zu erledigen.

»Hör zu«, unterbrach Tess ihre Schwester schließlich. »Die Farm gehört uns beiden. Du hattest deinen Spaß auf der Viehauktion – und ich möchte meinen Spaß hier im Hotel haben. Ich kann dir auch etwas zum Anziehen leihen«, setzte sie hinterher.

Claire fuhr zurück. »Zum Anziehen?«

»Na klar«, antwortete Tess. »Wenn wir schon einen außergewöhnlichen Abend verbringen, dann wollen wir doch auch hübsch sein, oder nicht?«

Claire verdrehte die Augen. »Wenn du meinst.« Dann sah sie sich suchend um. »Wo ist eigentlich Meg? Ich habe sie schon eine ganze Weile nicht mehr gesehen.«

Tess grinste ihre Schwester an. »Das liegt daran, dass Meg ihr Zimmer schon bezogen hat, und zwar zusammen mit Terry!«

Tatsächlich war Meg schon vor geraumer Zeit mit Terry Dodge im schönsten Doppelzimmer des Hotels verschwunden. Er hatte das Zimmer sofort gemietet, als er Meg im Pub angetroffen hatte. Sozusagen als Wiedergutmachung, weil er sie doch einige Male aus beruflichen Gründen hatte versetzen müssen.

Erst als es Zeit zum Abendessen war, kam Meg wieder herunter.

Becky und Jodi hatten zusammen mit den Ryans einige

Tische aneinander geschoben, um eine große Tafel für den weiteren Abend zu haben. Claire und Tess waren mittlerweile ebenfalls auf eins der Zimmer gegangen, das sie in der Zwischenzeit für sich und die Mädchen angemietet hatten.

Jetzt saßen Becky und Jodi bereits mit gemischten Gefühlen am Tisch. Es war eine eigenartige Vorstellung, hier zu sitzen und abzuwarten, wie Brian sich verhalten würde.

Dann kam Tess als erste der Schwestern wieder aus ihrem Zimmer herunter. Alex und Nick sahen auf.

»O là là«, meinte Alex anerkennend. »Du siehst umwerfend aus!«

Tess lachte geschmeichelt. »Wartet, bis ihr Claire seht«, antwortete sie. »Die ist die echte Überraschung des Abends.«

Sie selbst freute sich schon auf den Auftritt ihrer Schwester. Tess hatte Claire überredet, ein Kleid anzuziehen, das sie vorsichtshalber eingepackt hatte, und es stand ihr wirklich ganz hervorragend. Dazu durfte Tess die Schwester sogar ein wenig schminken.

»Und wen soll ich beeindrucken?«, hatte Claire ironisch nachgefragt.

»Wen wohl«, hatte Tess geantwortet. »Nick natürlich. Den sollst du doch auch heiraten.«

Bevor Tess sich setzen konnte, stand Alex schon neben ihr und forderte sie zum Tanzen auf. Tess willigte gern ein.

Kurz nachdem der zweite Song begonnen hatte, öffnete sich die Tür zu dem Flur, der zu den Zimmern des Hauses führte.

Während alle anderen Alex und Tess auf der Tanzfläche zusahen, blickte Becky zur Tür hinüber und entdeckte Claire. Sie trug ein türkisfarbenes, schulterfreies Kleid. Ihre dunklen Haare fielen in sanften Wellen auf ihre Schultern herab und ihr zartes Make-up brachte ihre hellen Augen bestens zur Geltung.

Claire blieb noch einen Moment in der Tür stehen und sah zur Tanzfläche, wo Tess und Alex gerade unter Gelächter ein paar abenteuerliche Schritte wagten. Obwohl Tess sich gar nicht sonderlich in Schale geworfen hatte, sah sie einfach blendend aus. Ihr Rock und der eng anliegende Pullover brachten ihre feminine Ausstrahlung bestens zur Geltung.

Einige Augenblicke betrachtete Claire das Paar regungslos. Dann drehte sie sich um und verschwand wieder.

Als Claire zum zweiten Mal herunterkam, sah sie aus wie immer: bekleidet mit Jeans und einem Herrenhemd. Sie setzte sich an den Tisch und achtete nicht darauf, dass sich Nick und Alex fragende Blicke zuwarfen. Möglicherweise hatte Tess ihnen die eleganteste Frau des Umkreises versprochen – die Claire aber nicht war und niemals sein wollte.

Auch Tess sah ihre Schwester überrascht an, während die Ryan-Brüder zur Theke gingen, um neue Getränke zu besorgen. »Was ist denn mit dir passiert?«, wollte sie wissen.

»Ich habe mich in die zurückverwandelt, die ich bin. Claire McLeod«, antwortete Claire.

Während Claire noch einmal in ihr Zimmer gegangen war, hatten die anderen bei Kimmy das Essen bestellt. Hatte sie nicht richtig zugehört, oder fehlte ihr die Routine? Als sie das Essen nun austeilte bekam jedenfalls niemand das Gericht, das er bestellt hatte.

»Moment, ich glaube, Terry hatte das Steak mit Pilzen«, begann Meg die Ordnung wieder herzustellen. »Ich hatte das ›Diana‹ und Alex wollte, glaube ich, das Pfeffersteak.«

»Hey, Kimmy, was machst du denn für einen Unsinn?« Brian brachte ebenfalls einige Teller mit Essen. »Sollen sich unsere Gäste demnächst vielleicht selbst das Essen aus der Küche holen?«

»Es ist ja kein Problem, Brian«, versuchte Meg Kimmy schnell zu verteidigen, indem sie eifrig die Teller hin und her tauschte.

»Nein, Meg, nicht solange wir Gäste wie Sie haben«, antwortete Brian charmant.

Becky und Jodi sahen Kimmy an, die kreidebleich und mit merkwürdig schimmernden Augen am Tisch stand. »Es tut mir Leid«, antwortete sie. »Mir gehts nicht gut. Vielleicht sollte ich besser nach Hause gehen.«

Brian, der eben den letzten Teller abgestellt hatte, sah auf. »Krank?«, fragte er mit väterlich besorgtem Tonfall.

»Ich weiß nicht, irgendwie ist mir komisch«, antwortete Kimmy unsicher.

»Na, wenn du krank bist – klar kannst du gehen«, meinte Brian. »Sag nur Bescheid, wenn du morgen nicht kommen kannst.«

»Ja, mach ich«, versprach Kimmy und wollte gehen.

Jodi und Becky wechselten einen schnellen Blick mit Tess.

»Hey, Kimmy, willst du nicht lieber hier bleiben?«, rief Jodi.

Kimmy sah sie überrascht an. »Warum?«

»Wir, wir feiern heute«, kam Tess Jodi zu Hilfe. »Es wäre nett, wenn du mit uns …«

Kimmy schüttelte heftig den Kopf. »Es tut mir Leid, ich kann nicht.« Damit machte sie sich eilig aus dem Staub.

»Mist. Jetzt werden wir ihm nie etwas beweisen können«, stieß Becky halblaut aus und zupfte unlustig am Bieretikett auf ihrer Flasche.

»Wem wollt ihr etwas beweisen?«, fragte Claire nach.

Tess zögerte einen Moment. »Brian«, sagte sie dann leise.

»Kimmy ist sein neues Opfer«, fügte Becky hinzu.

Claire konnte ein Lachen nicht unterdrücken. »Was glaubt ihr denn, wer ihr seid? Drei Engel für Charly vielleicht?«

In diesem Moment stand Becky auf und verließ wortlos den Raum.

Tess sandte ihrer Schwester einen geradezu tödlichen Blick. Manchmal hatte Claire die Einfühlsamkeit eines Brückenpfeilers.

So unsensibel Claire manchmal war, sie bemerkte sofort, dass sie einen Fehler gemacht hatte, strich sich verlegen eine Haarsträhne aus der Stirn und folgte Becky nach draußen.

Das Mädchen lehnte im kleinen Garten des Pubs an einem Tisch und starrte vor sich hin. Claire kam zu ihr und lehnte sich ebenfalls an die Tischkante.

Claire wollte sich entschuldigen, doch bevor sie etwas sagen konnte, begann schon Becky zu reden. »Alle finden ihn toll. Er ist freundlich, lustig, väterlich ...«

Claire schwieg. Dies war genau das Bild, das auch sie von Brian gehabt hatte.

»Auch ich bin erst mal auf ihn hereingefallen«, fuhr Becky fort. »Ich war so froh, diesen Job zu haben. Und Brian kam mir seriös vor. So ganz anders als meine Eltern.«

Claire wusste sehr wohl, aus welch schwierigen Verhältnissen Becky stammte. Und ohne die näheren Umstände zu kennen, hätte auch sie angenommen, dass der Job bei Brian für ein Mädchen wie Becky durchaus eine Chance sein konnte.

»Wir haben viel gelacht. Er war lustig und nett«, erzählte Becky jetzt weiter. »Ich habe ihm vertraut, und es schien, als vertraute er auch mir. Jedenfalls durfte ich sogar die Kasse machen, abends, wenn der Pub schloss. Ich habe Brian Dinge erzählt«, sagte sie, und ihre Stimme wurde allmählich brüchig, »die ich noch nie zuvor jemandem erzählt hatte. Ich glaubte einen Freund in Brian gefunden zu haben.«

»Und du hast dich getäuscht«, half Claire ihr vorsichtig weiter, denn ihre Worte lösten sich nun in Schluchzen auf.

»Ja«, bestätigte Becky. »Ich habe ihm vertraut. So sehr, wie ich noch nie einem Menschen vertraut habe. Und dann, in der Nacht nach dem Rodeo …« Ihre Stimme versagte wieder. »In der Nacht nach dem Rodeo hat er mein Vertrauen missbraucht. Auf die schlimmste Weise, die man sich vorstellen kann.«

Claire schwieg bedrückt. Sie schämte sich für ihren lockeren Spruch von vorhin. »Was können wir tun?«, fragte sie vorsichtig.

Becky wischte sich die Tränen aus den Augen. Sie atmete tief durch und festigte ihre Stimme so ein wenig. »Wir müssen verhindern, dass er weitermacht. Du darfst uns nicht für verrückt halten, Claire. Wir müssen es versuchen.«

Claire nickte und zog verlegen mit ihrem Fuß eine Linie in den Sandboden. »Gut. Gehen wir zur Polizei.«

»Das habe ich schon versucht«, erwiderte Becky. »Aber ich konnte einfach nicht.«

»Dann drohen wir Brian eben damit, dass wir zur Polizei gehen«, schlug Claire vor.

»Auch das habe ich schon versucht«, antwortete Becky. »Er hat zu viel gegen mich und meine Familie in der Hand.«

Claire zuckte hilflos die Schultern. »Dann bleibt nur eins: Wir erschießen ihn.«

Eigentlich hätte sie jetzt auf ein ironisches Lachen seitens Becky gehofft, stattdessen blickte diese wortlos in den sternenklaren Himmel.

Ein Verdacht, den Claire schon seit einiger Zeit unbewusst hegte, den sie aber in seiner ganzen Tragweite nie an sich hatte herankommen lassen, keimte wieder auf. »Sag jetzt nicht, dass hättest du auch schon versucht!«

Beckys Profil zeichnete sich hell gegen den nächtlichen Himmel ab. »Gut, dann sage ich eben nichts«, gab sie Claire zur Antwort.

Unter normalen Umständen hätten die Frauen von Drover's Run das Ende des Essens abgewartet, um sich unter einem Vorwand gemeinsam auf das Zimmer von Claire und Tess zurückzuziehen. Im vorliegenden Fall aber handelte es sich eben um keine normalen Umstände – deswegen entschuldigten sie sich der Reihe nach mit dem Argument, noch einmal ganz schnell verschwinden zu müssen.

Jetzt saßen sie auf den Betten, einem Sessel und einem Stuhl in einem der Zimmer und berieten die weitere Vorgehensweise.

»Was sollen wir tun?«, fragte Tess in die Runde, nachdem sie noch einmal ihren ursprünglichen Plan, Brian auf frischer Tat mit Kimmy zu ertappen, erläutert hatte.

Meg war die Erste, die Worte fand. Sie selbst hatte ja schon erlebt, wie aufdringlich Brian werden konnte. »Es bleibt dabei«, hielt sie fest, »wir brauchen einen Beweis, sonst können wir nichts gegen Brian ausrichten.«

»Und wie willst du den führen?«, fragte Claire. »Jetzt, wo Kimmy weg ist?«

»Ich bin sicher, Brian geht es gar nicht um Kimmy persönlich«, sagte Meg. »Es geht ihm vielmehr darum, irgendeine Frau zu haben. Wir müssen ihn einfach mit jemand anderem erwischen – und zwar mit einer von uns«, konkretisierte sie ihren Vorschlag.

»Wie bitte? Mit einer von uns?« Jodi bekam vor Schreck fast keine Luft. »Mom, wie ...«?

»Schon gut, Jodi«, unterbrach sie Claire. »Becky und du, ihr kommt dafür natürlich nicht in Frage. Aber ich würde mich bereit erklären«, schloss sie dann schnell.

Sie musste vor Brian keine Angst haben. Brian war zwar ein Mann, aber er war untrainiert und unsportlich. Claire dagegen setzte ihre Muskelkraft jeden Tag bei ihrer Arbeit ein. Zur Not würde sie mit Brian schon fertig werden.

»Claire, dich würde er doch nie anmachen«, meinte Tess nachdenklich.

Claire sah ihre Schwester an. »Ach, und warum nicht?«

»Weil du … vor dir hat er viel zu viel Respekt«, antwortete Tess schnell.

»Soll das jetzt ein Kompliment sein?«, fragte Claire skeptisch.

»Das klappt doch nicht«, warf Becky jetzt ein. »Brian weiß doch, dass wir alle etwas gegen ihn haben.«

»Nicht unbedingt«, meldete sich Meg zu Wort. »Ich meine, ich bin bestimmt kein Fan von ihm«, korrigierte sie sich dann schnell, als alle zu ihr sahen. »Aber Brian und ich, wir kennen uns schon sehr lange, und er weiß, dass ich Becky früher eher skeptisch gegenübergestanden habe. Und außerdem«, knüpfte sie dann schnell an, »hat Brian schon mal versucht, mich anzumachen.«

»Mom!«, fuhr Jodi auf. »Dieser Widerling? Davon hast du nie etwas gesagt.«

Meg zuckte die Schultern. »Töchter müssen ja nicht alles über ihre Mütter wissen. Und es ist ja auch nichts passiert. Aber wenn ich ihm jetzt eine Chance gebe?«

Im Raum herrschte Schweigen, eisiges, verschrecktes Schweigen. Plötzlich kamen der Plan und die Gefahr, die er beinhaltete, gefährlich nahe.

»Also, Becky«, sagte Meg und ihre Stimme zerschnitt die Stille. »Wie komme ich an ihn heran?«

Becky zögerte einen Moment. »Brian arbeitet immer nach demselben Schema ...«, begann sie dann zu erklären.

10. Kapitel

Jodi sah der Aufgabe, die Meg übernommen hatte, mit äußerst gemischten Gefühlen entgegen. Auch den Toast auf die Gerechtigkeit, den Claire aussprach, als die Frauen an den Tisch zurückkehrten, wiederholte sie nur mit geringer Begeisterung.

»Wo ward ihr denn die ganze Zeit?«, wollte Alex von Tess wissen. Er, Terry und Nick hatten ihre Teller schon längst leer gegessen.

»Wir haben Frauengespräche geführt«, antwortete Tess vergnügt. »Und keine von uns wird ein Wort darüber verlieren.«

Es gelang den Frauen tatsächlich, ein unverbindliches Gespräch anzuknüpfen. Becky warf allerdings von Zeit zu Zeit ihrem Bruder Seany unbehagliche Blicke zu, wenn er mit einem Gericht aus der Küche an ihrem Tisch vorbeikam. Und Meg wartete auf die erste sich bietende Gelegenheit, sich Brian zu nähern.

Als sich die Gläser auf dem Tisch allmählich leerten, war es soweit.

»Ich hole die nächste Runde«, bot Meg sich an und ging zum Tresen.

Brian war gerade dabei, Gläser zu polieren. Als Meg näher kam, sah er sie aufmerksam an.

Meg bestellte die Getränke für ihren Tisch, und während Brian die verschiedenen Gläser auf einem Tablett zusammenstellte, seufzte sie hörbar.

»Ist alles okay?«, erkundigte sich Brian.

Meg zuckte die Schultern. »Na ja, manchmal kommt eben ganz schön viel zusammen. Der Haushalt, die Arbeit auf der Farm ... Mir fehlt der Ausgleich.«

Brian zog eine Augenbraue in die Höhe. »Behandelt Terry Sie nicht gut?«, fragte er nach.

»Na ja, wer bezahlt wohl die Drinks?«, entgegnete Meg und zückte ihr Portemonnaie. Im Stillen bat sie Terry schon jetzt um Vergebung, für all die Lügen und Verleumdungen, die sie in den nächsten Stunden in die Welt setzen würde.

Brians Lachen konnte eine gewisse Herablassung nicht verbergen.

»Ich dachte, ihr seid Feministinnen, ihr da draußen auf Drover's Run. Wenn man euch zu etwas einlädt, dann ist das doch fast schon eine Beleidigung.«

Meg setzte ihr lieblichstes Lächeln auf. »Wer sagt denn so etwas? Ich zum Beispiel lasse mich gern ein bisschen verwöhnen.«

Jetzt lächelte auch Brian. »Kann ich Ihnen einen Scotch anbieten?«, fragte er schmeichelnd.

Meg seufzte dankbar. »Oh ja, gern.«

Es fiel den Frauen nicht leicht, Interesse am Ablauf des Abends zu zeigen, ohne Meg ständig zu beobachten. Weder die Karaoke-Sänger konnten ihre Aufmerksamkeit fesseln noch das Billard-Spiel, zu dem Nick und Alex Tess und Claire einluden.

Immer wieder glitten ihre Blicke hinüber zur Theke, wo Meg stand und Brian schöne Augen machte – soweit man das auf die Entfernung feststellen konnte.

»Was ich noch sagen wollte«, begann Nick jetzt. Er war gerade am Zug. Er visierte eine Kugel an, zielte und verpasste ihr einen schnellen, präzisen Stoß. »Als Erstes werde ich auf Wilgul Brunnen bohren. Und dann werde ich Vieh anschaffen. Ich will eine neue Rasse züchten.«

»Sicher keine schlechte Idee«, antwortete Claire zerstreut. Auch ihr Blick wanderte immer wieder zu Meg hinüber, vor allem, weil jetzt Terry ebenfalls an die Theke trat.

Er hatte gerade einige Worte mit Jodi gewechselt, die ihn irgendwie angestachelt haben mussten. Nun blickte Jodi ihm unglücklich hinterher. »Trotzdem ist es ein komisches Gefühl, euch Ryans jetzt zu beiden Seiten von Drover's Run zu haben«, sprach Claire weiter.

Nick lachte auf. »Wenn unser Vater Wilgul gekauft hätte, vielleicht. Aber mit mir als neuem Besitzer – könnten sich da nicht völlig neue Perspektiven auftun?« Er sah Claire eindringlich an.

Claire antwortete nicht. Sie schien sich auf Tess zu konzentrieren, die gerade am Zug war. In Wirklichkeit drehten sich ihre Gedanken wie in einem Karussell. Der Plan, Brian zu überführen, Nicks Übernahme von Wilgul, und auch der enorme Gewinn, den Claire am Tag zuvor mit den Schafen erzielt hatte, schwirrten ihr durch den Kopf. Auch wenn Tess dieses Thema in der letzten Zeit nicht mehr angeschnitten hatte: Ihr gehörte nun mal die Hälfte der Farm und damit die Hälfte des Gewinns. Ob Tess ihn nun einfordern würde?

Tess beugte sich ziemlich ungeschickt über den Billardtisch. Auf diese Weise würde sie niemals einen vernünftigen Stoß zustande bringen.

Alex trat nun von hinten an sie heran, umfasste ihren linken Arm mit seiner Hand und legte seine rechte Hand auf ihre rechte. »Darf ich mal?«, fragte er. »Du musst besser stehen, Tess. Sonst wirst du es beim Billard nie zu etwas bringen.«

Meg hatte das Gefühl, dass ihre Taktik bei Brian nicht recht ankam. Er hatte ihr zwar einen Drink angeboten – Stufe eins, wie Becky beschrieben hatte –, aber er hatte ihn ihr nicht spendiert. Daraufhin hatte Meg erzählt, dass es zwischen ihr und Terry nicht mehr recht lief. Ausgerechnet in diesem Moment aber war Terry zu ihr gekommen und hatte sie mit zärtlichster Stimme und freundlichen Worten um ein Gespräch gebeten. Jodi stand währenddessen in einer anderen Ecke des Lokals und machte ihrer Mutter Zeichen, dass sie versucht habe, Terry zurückzuhalten, dass er aber ausgerechnet dies völlig missverstanden habe. Meg schämte sich, Terry mit solch strengen Worten wieder wegschicken zu müssen, und bat ihn in Gedanken schon wieder um Vergebung. Brian kommentierte die Situation damit, dass es so schlecht doch gar nicht laufen könne.

Meg nahm noch einen Schluck ihres selbst bezahlten Drinks, dann machte sie den anderen Zeichen, dass es Zeit für eine Lagebesprechung war. Die Frauen trafen sich auf der Toilette.

»Oh, Mom«, platzte Jodi gleich aufgeregt heraus. »Es tut mir so Leid. Ich wollte Terry davon abhalten, zu dir an den Tresen zu gehen und dir zu helfen, das Tablett mit den Getränken zu tragen. Ich habe ihm irgendwas erzählt, dass ich ihn mittlerweile echt nett finde und dass ihr so gut zusammenpasst.«

Meg stand am Waschbecken und kühlte sich das Gesicht. Sie hatte plötzlich Kopfschmerzen bekommen. »Und?«, fragte sie leicht gelangweilt, während auch Tess, Claire und Becky sich nicht allzu sehr für das Thema Terry zu interessieren schienen – abgesehen davon natürlich, dass er Meg an diesem Abend nicht in die Quere kommen durfte.

»Er muss das irgendwie total falsch verstanden haben«, fuhr Jodi aufgeregt fort. »Er denkt, ich hätte ihm damit einen Hinweis geben wollen – einen Hinweis darauf, dass du auf einen Heiratsantrag wartest!«

»Oh, Gott!«, stieß Meg aus. »Einen Heiratsantrag. Ich habe doch gar nicht vor zu heiraten. Aber gut«, lenkte sie dann selbst von diesem Thema wieder ab. »Das lässt sich später regeln. Wichtig ist jetzt im Moment: Wie geht es weiter?«

Becky zuckte die Schultern. »Keine Ahnung. Es scheint nicht zu klappen. Unter normalen Umständen hätte Brian schon längst anspringen müssen: Drinks ausgeben, sich als Berater und Beschützer aufspielen, den starken Mann markieren.« In der Tat hatten Meg ein paar Leute angepöbelt – was allerdings aus ihrem Verhalten resultierte –, aber nicht Brian, sondern Terry hatte die Gäste rausgeschmissen. »Ich glaube, wir müssen aufgeben«, schloss Becky.

»Aber die Sache ist zu ernst um aufzugeben«, gab Tess zu bedenken.

»Das meine ich auch«, stimmte Meg unter heftigem Nicken zu. »Gebt mir noch eine Stunde. Und tut in der Zwischenzeit wenigstens so, als würdet ihr euch amüsieren. Ich gehe nur kurz auf mein Zimmer und nehme eine

Kopfschmerztablette.« Sie sah sich mit siegesgewissem Lächeln um. »Und dann ist Brian reif.«

Um von den Toiletten zur Treppe hinauf zu den Zimmern zu gelangen, musste Meg kurz durch den Gastraum. Auf dem Weg dorthin traf sie Terry.

»Meg, können wir jetzt reden?«, fragte er, während Meg Brians Blicke spürte.

Seit vielen Jahren war Meg sich im Klaren, dass ihr der eine Heiratsantrag, den sie in ihrem Leben bekommen hatte, vollkommen ausreichte. Allerdings war dies ein denkbar ungünstiger Zeitpunkt, um nun mit Terry darüber zu reden. Und das nicht nur wegen des Hämmerns in ihrem Kopf. »Terry, lass uns ein anderes Mal darüber sprechen«, sagte sie. »Ich habe Kopfschmerzen und brauche dringend eine Tablette.« Damit drückte sie sich an ihrem Freund vorbei in Richtung Treppe.

Es tat Meg tatsächlich wohl, für einen Augenblick Ruhe zu haben. Insgeheim musste sie zugeben, dass sie sich manchmal wirklich ein bisschen überfordert fühlte. Allerdings trug sie selbst ein gutes Stück dazu bei. Sie übernahm Verantwortung für alle und jeden, anstatt sich endlich einmal um ihre eigenen Bedürfnisse zu kümmern – um ihre Beziehung zu Terry zum Beispiel, der zweifellos ein guter Kerl war. Dennoch war ihr momentan nicht klar, wie es mit ihm weitergehen sollte.

Eine Weile blieb Meg vor dem großen Spiegel sitzen, der hinter dem Frisiertisch des Zimmers hing. Dann drückte sie eine Tablette aus der Plastikhülle, nahm sie in den Mund und spülte mit einem Glas Wasser nach.

Nach kurzer Zeit fühlte sie sich fit genug, wieder nach unten zu gehen. Sie stand auf, strich sich die Haare hinter die Ohren und warf sich selbst einen ermunternden Blick zu. Dann stand sie auf und öffnete die Zimmertür – und fuhr erschreckt zurück. Vor ihr stand Brian, und noch bevor Meg ein Wort sagen konnte, setzte er einen Fuß ins Zimmer.

»Hallo, Meg, ich hoffe, ich komme nicht ungelegen«, sagte er mit einem unangenehmen Grinsen auf den Lippen. »Du hast dir die Sache mit uns ja offenbar anders überlegt – im Gegensatz zu neulich«, meinte er und trat noch einen Schritt näher an Meg heran.

Meg glaubte, den Boden unter den Füßen zu verlieren. Diese Situation, allein mit Brian, ohne den Schutz der anderen, war alles andere als geplant. Und Brian schien dies genau zu wissen. »Ich … ich verstehe nicht«, versuchte sie Brians Vorstoß abzuwehren.

Aber Brian drängte sie weiter ins Zimmer hinein. Er ließ seinen Blick an der Decke entlangschweifen. »Gibt es hier eine Kamera?«, fragte er. »Ich lass mich doch nicht für dumm verkaufen«, fuhr er gleich fort, ohne eine Antwort von Meg abzuwarten. Dann schloss er die Tür hinter sich.

Meg nahm all ihren Mut zusammen. »Brian, Sie sollten wieder gehen«, sagte sie, und es gelang ihr, das Zittern in ihrer Stimme zu unterdrücken. »Jodi wird gleich heraufkommen.«

Brian grinste. »Wird sie sicher nicht. Sie singt gerade ihre Karaoke-Nummer.«

Tatsächlich war durch die dünnen Wände schwach Jodis Stimme zu vernehmen.

»Ich bin nicht blöde, Meg«, fing Brian jetzt wieder an. »Ich habe die Sache von Anfang an durchschaut. Ich finde, wegen der kleinen Flittchen ist es die Aufregung nicht wert«, fuhr er fort. »Aber ich muss zugeben, du hast mich ganz schön scharf gemacht.«

Meg war vollkommen klar, dass ihre Lage sich von Augenblick zu Augenblick verschlechterte. Was sollte sie tun?

Unten im Gastraum sang Jodi sich durch ihre Karaoke-Nummer. Während der ersten Takte war ihr die Sache noch etwas peinlich gewesen. Allmählich aber gewann sie mehr Sicherheit, und ihr Gesang wurde immer besser.

Jetzt kamen auch noch Alex und Tess auf die Tanzfläche. Jodi lächelte geschmeichelt und suchte Beckys Blick, die ihn freundlich erwiderte. Claire dagegen, die bis eben mitgeklatscht und Jodi angefeuert hatte, griff jetzt nach ihrem Bier und setzte die Flasche an den Hals. Dabei wendete sie den Blick ab von Jodi und von Tess und Alex.

Meg schien mittlerweile das Herz zu zerspringen. Sie hatte Brian zur Tür schieben wollen, aber er hatte sie am Arm gepackt und manövrierte sie nun in Richtung Bett. »Steh jetzt zu dem, was du in die Wege geleitet hast«, sagte er mit rauer Stimme. »So, wie du dich verhalten hast, willst du doch etwas von mir!«

»Sie haben da etwas vollkommen falsch verstanden«, verteidigte sich Meg. »Ich habe Ihnen am Tresen von meinen Sorgen erzählt. Glauben Sie, das gibt Ihnen die Erlaubnis für irgendetwas?«

Brians Blick war stechend und brutal. »Es ist immer dasselbe«, zischte er, und in seinen Mundwinkeln bildete sein Speichel einen feinen Schaum. »Ihr Frauen behandelt mich wie Dreck. Was ist an mir schlechter als an einem Tölpel wie Terry Dodge? Mir reicht es! Ich werde euch schon zeigen, was in mir steckt!«

Unten im Gastraum endete in diesem Moment auch die Zugabe, die Jodi noch gegeben hatte. Tess saß mit Claire und Becky bereits wieder am Tisch, als Jodi von der Bühne kam. Nick und Alex kümmerten sich derweil um den Getränkenachschub.

»Klasse, Jodi, echt super!«, lobte Becky ihre Freundin.

»Ja, ich fand mich auch gut«, gab Jodi unverhohlen zu.

Dann sah sie sich suchend um. »Wo ist denn eigentlich Mom?«, wollte sie wissen.

Claire nahm die Bierflasche ab, aus der sie gerade wieder einen Schluck getrunken hatte. »In ihrem Zimmer, nehme ich an. Sie wollte doch eine Tablette nehmen.«

»Ja, aber das ist Ewigkeiten her«, meinte Jodi.

Becky wurde plötzlich weiß wie eine Wand. »Und wo ist Brian?«, fragte sie.

Nur eine Sekunde später verließen Becky, Jodi, Tess und Claire gemeinsam in offensichtlicher Eile den Gastraum.

»Gehen die schon wieder zusammen aufs Klo?«, klang Alex' Stimme verwundert hinter ihnen her.

Allen vier Frauen wäre danach gewesen, die Treppe im Sturmschritt hinaufzulaufen. Mit einer solchen Entwicklung des Plans hatte keine von ihnen gerechnet. Um nun aber Brian tatsächlich auf frischer Tat zu ertappen – in weitaus dramatischerer Weise, als sie jemals gedacht hatten –, mussten sie sich zwingen hinaufzuschleichen.

Der Boden des Flurs zu den Zimmern knackte und knarzte. Gleichzeitig drang aus Megs Zimmer ein Geräusch, das nach umhergerückten Stühlen klang. Jodi warf einen bangen Blick zu ihren Freundinnen.

Tatsächlich eskalierte die Situation zwischen Meg und Brian immer mehr. Meg wehrte sich mit allen Mitteln, während Brian sie zum Bett zerrte. »Du willst es doch auch!«, raunte er. »Ich habe zwanzig Zeugen, dass du geradezu darum gebettelt hast. Komm, wenigstens einen Kuss!«

»Lassen Sie mich in Ruhe, Brian!«, gab Meg zurück. »Ich will, dass Sie gehen.«

»Auf einmal?«, fragte Brian. Mit einem heftigen Ruck versuchte er, Meg endgültig an sich heranzuziehen.

Meg hatte das Gefühl, dass sich ihr der Magen umdrehen wollte. »Nein!«, schrie sie.

Wie von fernher hörte sie ein Geräusch am Türknauf. Gleichzeitig riss Meg mit letzter Verzweiflung ihr Knie in die Höhe und rammte es Brian zwischen die Beine. Der Wirt des Pubs schrie auf und sank mit schmerzverzerrtem Gesicht auf Megs Bett.

Meg rannte zur Tür und drehte den Knauf herum. Jodi stürmte mit den anderen ins Zimmer. »Mom, ist alles in Ordnung?«, rief sie.

Heftig atmend flüchtete Meg zu den Frauen. Noch bevor sie antworten konnte, rappelte Brian sich vom Bett auf.

»Klar ist sie in Ordnung«, sagte er mit etwas angestrengter Stimme. »Was soll ihr schon passiert sein?«

Tess trat vor. »Brian, was machen Sie hier?«, herrschte sie den Wirt an.

»Meg hat mich heraufgebeten«, antwortete Brian. »Wir sind erwachsene Leute, wir haben uns vor niemandem zu rechtfertigen.«

»Die Polizei wird von mir etwas anderes zu hören bekommen«, entgegnete Meg kalt.

Brian nickte mit sarkastischem Grinsen. »Das kann ich mir vorstellen. Wir haben hier ganz harmlos geplaudert, und dann haben Sie mich plötzlich angegriffen. Das ist Körperverletzung!«

»Sie lügen doch!«, tat Claire seine Rede kurz ab.

»Ich habe Sie nicht heraufgebeten, und schon gar nicht habe ich zugestimmt, dass Sie mir in irgendeiner Weise nahe kommen«, stellte Meg klar.

»Genauso wenig wie Kimmy«, warf Jodi ein.

»Und genauso wenig wie ich«, ergänzte Becky.

Brian fixierte Becky, dann ging sein Blick weiter zu den anderen Frauen. »Ihr wollt mir etwas anhängen«, sagte er. »Um sie zu schützen.« Er deutete mit dem Kopf auf Becky. »Dabei ist sie eine Lügnerin und eine Diebin. Und sie hat mich angeschossen.«

»Du mieses Schwein!« Becky warf sich Brian mit voller Wucht entgegen. Im letzten Moment konnten Tess und Claire Schlimmeres verhindern.

Brian grinste überlegen. »Ihr habt überhaupt nichts gegen mich in der Hand«, meinte er und verließ das Zimmer.

Ich gehe zu Constable Cook«, erklärte Meg, sobald sie sich ein wenig gefasst hatte und blickte die Frauen erwartungsvoll an.

»Nein«, entgegnete Becky aber zum Erstaunen aller. Ihr Gesicht war kreidebleich, und an ihren Schläfen sah man die Adern pulsieren. »Jetzt bin ich dran. Ich gehe zur Polizei. Und ich werde Kimmy davon überzeugen, dass sie es ebenfalls tun muss.«

Tess sah das Mädchen skeptisch an. Sie erinnerte sich, dass Becky an jenem Abend nach dem Rodeo zwar mit ihr zur Polizei gegangen war, dann jedoch, kurz bevor Constable Cook öffnen konnte, die Flucht ergriffen hatte. »Bist du sicher, dass du es schaffst?«

Becky nickte entschlossen. »Ganz sicher.«

Sobald Becky den Pub verlassen hatte, gingen Claire, Tess, Jodi und Meg zurück in den Gastraum. Zu ihrem Erstaunen stand Brian auf der Karaoke-Bühne. Er tippte zweimal mit den Fingern gegen das Mikro. »Ladies und Gentlemen«, begann er dann, »darf ich kurz um Ihre Aufmerksamkeit bitten?«

Sofort strömten die Gäste zur Bühne. Claire und Tess sahen sich fragend an.

»Es mag für viele ein bisschen überraschend kommen«, sagte Brian und sah sich mit seinem gewinnendsten Lächeln in der Runde um. »Aber meine Frau Catherine und ich werden uns für eine Weile aus dieser Gegend verabschieden.« Erstauntes Gemurmel erhob sich, und Brian machte mit seinen Händen abwehrende Bewegungen. »Meiner alten Mutter geht es nicht gut«, fuhr er fort und sah sein Publikum weiterhin lächelnd an. »Um sie besser versorgen zu können, ziehen wir in ihre Nähe.«

»Was für ein rührender Sohn«, bemerkte Meg spöttisch.

Claire hatte die Arme vor der Brust verschränkt und kniff ihre Augen ein wenig zusammen. »Warum sagen Sie nicht einmal die Wahrheit, Brian?«, fragte sie mit lauter Stimme, so dass alle sie hören konnten.

»Die Wahrheit ist, sie wird wohl nicht mehr lange leben«, fuhr Brian jetzt mit bitterer Miene fort. »Wir werden den Pub verpachten oder sogar verkaufen müssen.« Er seufzte theatralisch. »Also, kurz und gut: Ich werde nicht mehr lange hier sein. Ich danke euch allen für eure Treue und wünsche euch alles Gute.«

Damit verließ er die Bühne und kündigte beim Hinabsteigen Freibier für alle an.

Tess hatte Mühe, vor Staunen nicht den Mund weit aufzureißen. »Habe ich das richtig verstanden?«, wandte sie sich an Claire, Meg und Jodi. »Er tritt sozusagen die Flucht nach vorn an?«

»Das ist ja wie in alten Western«, stellte Jodi fest. »Der Schurke verlässt die Stadt.«

»Ja«, nickte Meg, und ihre Stimme klang bitter. »Wir sind ihn los. Und er lässt alles hinter sich und fängt wieder von vorn an.«

Sie verließ den Gastraum und ging zur Toilette, um sich über ihre Handgelenke, an denen Brian sie mit seinem

Schraubstockgriff festgehalten hatte, kühles Wasser laufen zu lassen.

Sie hatte sich die Hände gerade abgetrocknet, als Jodi hereinkam. Sie nahm ihre Mutter in die Arme und drückte sie fest an sich. »Mom, du warst unglaublich mutig«, sagte sie.

Meg ließ sich in die Arme ihrer Tochter fallen. Zum ersten Mal merkte sie, dass Jodi ein Stück größer war als sie. »Oh, nein«, antwortete sie. »Ich war nicht mutig, eher unglaublich dumm.«

Als Meg und Jodi zurück zu den anderen wollten, passte Terry sie noch auf dem Gang ab. »Also, eins habe ich heute Abend gelernt: Wenn mehrere Frauen auf einmal urplötzlich von der Bildfläche verschwinden, kann es nur einen Ort geben, an dem sie sich aufhalten.« Er deutete mit dem Daumen auf die Damentoilette und grinste. »Meg, können wir jetzt vielleicht reden?«

Meg und Jodi warfen sich einen viel sagenden Blick zu. Die Sache mit Brian schien Terry glücklicherweise gar nicht mitbekommen zu haben. Außerdem wusste Meg, dass sie dieses Gespräch nicht mehr würde aufschieben können, obwohl sie zu Beginn des Tages sicher nicht geglaubt hatte, es führen zu müssen. Andererseits: Gab es etwas, das sie heute, nach all den Erlebnissen, noch aus der Bahn werfen konnte?

»Ich komme später«, sagte Meg augenzwinkernd zu ihrer Tochter.

Auch Nick und Alex hatten mit wachsender Verwunderung festgestellt, wie oft die Frauen von Drover's Run gemeinsam die Toilette aufsuchen mussten.

»Vorsicht, Bier treibt!«, bemerkte Alex trocken, als Claire zu ihm und Nick an die Theke kam.

Nick beugte sich ein Stück zu Claire vor. »Ist alles in Ordnung?«, fragte er. »Können wir etwas für euch tun?«

Noch bevor Nick seine Frage zu Ende gestellt hatte, schüttelte Claire den Kopf.

Jetzt kam auch Tess zum Tresen, blass und auf eine merkwürdige Art mitgenommen.

»Hallo, Tess, wollen wir noch mal tanzen?«, fragte Alex und wippte aufmunternd im Takt der Musik.

Tess schüttelte den Kopf. »Danke, nein, ich glaube, ich gehe mal kurz an die frische Luft.« Gleich darauf verschwand sie, und augenblicklich stand Alex auf, um ihr zu folgen.

Claire und Nick blieben allein an der Theke zurück. Mit einem undurchdringlichen Gesichtsausdruck starrte Claire vor sich hin. »Willst du noch etwas trinken?«, fragte Nick, der bemerkt hatte, dass Claires Glas schon wieder halb leer war.

»Gern. Ist ja auch Freibier«, meinte Claire seufzend. »Und ich glaube, wir haben es alle verdient.«

Tess setzte sich an einen der Holztische im Garten des Pubs, zog die Beine an und starrte vor sich hin. Was sich zugetragen hatte, ging ihr sehr nahe und würde sie noch eine Weile beschäftigen. Auch wenn sie es sich noch so sehr gewünscht hätte, war es doch nichts, was man einfach so abschüttelte.

Sie wäre gern einen Moment allein geblieben, aber Alex stand schon neben ihr im Garten, zog seine Jacke aus und hängte sie Tess über, die sich in die wohlige Wärme kuschelte.

»Ist alles in Ordnung, Tess?«, erkundigte sich Alex.

Tess nickte. Was hätte sie auch sagen sollen?

»Irgendetwas stimmt aber doch nicht«, beharrte Alex. »Was ist los? Sags mir einfach. Und wenn dir einer dumm gekommen ist, ich kann gleich zu ihm gehen und ihm eine reinhauen.«

Tess hob den Kopf, den sie auf ihre Arme gestützt hatte. »Du bist und bleibst ein Macho«, stellte sie fest.

Alex grinste. »Stimmt, ich bin ein Macho. Aber einer, der schöne Frauen beschützen kann.« Er schwieg einen Moment. »Tess, du bist wunderschön«, sagte er dann, hob eine Hand und strich Tess eine Haarsträhne aus der Stirn.

Tess fühlte, wie ihr Kopf der Bewegung seiner Hand folgte und die Wärme seiner Berührung suchte. Gleichzeitig war sie sich nicht im Klaren, ob es richtig war, diesem Impuls nachzugeben. Ihre Gefühle für Alex waren so verworren, wie sie es zuvor noch nie erlebt hatte. Sie mochte ihn, seine Hilfsbereitschaft, seine Stärke, die Sicherheit, die er ihr gab. Sie mochte die Berührung seiner Hand und die Wärme, die sie bei dieser Berührung durchdrang.

»Tess, darf ich dir etwas sagen?«

Tess hob den Kopf und sah ihn erwartungsvoll an.

»Mir wird kalt. Ich brauche meine Jacke.«

Tess lachte auf und ließ sich gleich darauf von Alex in den Arm nehmen. Er legte seine Hände unter ihr Kinn und küsste sie lang und innig.

Und ich liebe seinen Humor, fügte sie in Gedanken ihrer Aufzählung hinzu.

Claire und Nick, die letzten Gäste, standen noch immer am Tresen. Brian hatte sich kurz nach seiner Ansprache verzogen und sich danach nicht mehr blicken lassen. Die Zapfanlage konnten sie selbst bedienen, und Reg, der Junge, der bei Brian abends aushalf, hatte ihnen sogar den Schlüssel für den Kühlschrank mit dem Flaschenbier hinterlassen.

Aber sicher würden sie davon keinen Gebrauch mehr machen, denn Claire überkam plötzlich eine große Müdigkeit. Trotzdem wollte sie warten, bis Tess mit Alex zurückkam, und sich dann erst hinlegen.

Nick, der ebenfalls leichte Ermüdungserscheinungen zeigte, erzählte gerade wieder von seinen Plänen mit der neu erworbenen Farm. Im Grunde interessierte Claire dieses Thema nicht sonderlich. Die Zukunft ihrer eigenen Farm lag ihr einfach mehr am Herzen.

»Willst du Chips?«, warf Claire irgendwann ein.

Nick schüttelte den Kopf. »Nein, danke. Alex und ich werden auch bald fahren.«

Als hätten sie ihr Stichwort vernommen, kamen jetzt Alex und Tess Arm in Arm zur Tür herein.

»Äh, Claire«, begann Tess verlegen. »Ich würde mich jetzt gern hinlegen …« Gleichzeitig machte sie Claire ein Zeichen, dass sie Alex mit hinaufnehmen wollte.

Claire sah verblüfft zwischen ihrer Schwester und Alex hin und her. Dass sich zwischen den beiden etwas angebahnt hatte, war nicht zu übersehen gewesen. Aber dass Tess mit Alex die Nacht verbringen wollte, damit hatte Claire nicht gerechnet.

»Ich habe gedacht, wir könnten auch hier bleiben«, wandte Alex sich an seinen Bruder Nick.

»Okay.« Nick war gleich einverstanden. »Ich besorge mir selbst ein Zimmer.«

»Dann ist ja alles klar. Gute Nacht!«, sagte Tess mit singender Stimme und warf ihrer Schwester einen strahlenden Blick zu, offenbar in der festen Überzeugung, dass Claire ein Plätzchen bei Nick finden würde. Dann verschwanden sie und Alex nach oben.

»Also, wie war das jetzt?«, versuchte Claire ihre Verblüffung zu überspielen und an das Gespräch von vorhin anzuknüpfen. »Willst du Chips, oder willst du keine Chips?«

»Doch, klar«, antwortete Nick. »Habe ich doch gesagt. Und bring gleich ein paar Tüten mit«, rief er Claire hinterher, die sich schon auf die Suche gemacht hatte.

Es wurde eine lange Nacht, die Nick und Claire, anstatt im Hotelzimmer, an der Theke verbrachten und dabei nicht nur einigen Bierflaschen den Garaus machten, sondern auch herbe Verwüstungen unter Brians Chipsvorräten anrichteten. Dabei unterhielten sie sich über die Landwirtschaft im Allgemeinen und über Wilgul im Besonderen. Irgendwann kamen sie auf die neue Zuchtlinie, Nicks großen Traum, zu sprechen, wobei Claire nicht ganz klar war, ob sie nun von Pferden oder von Rindern sprachen.

Als die Sonne aufging stellte Claire fest, dass es Jahre her sein musste, dass sie eine Nacht durchgemacht hatte. Die Frage, ob sie irgendwann ins Bett hätte gehen wollen, stellte sich nicht. Ihr Platz war ja von Alex besetzt. Und an einen Zimmerschlüssel heranzukommen, war unmöglich gewesen, denn die Schlüssel für die freien Zimmer waren in einem Kästchen hinter der Theke eingeschlossen.

Irgendwann in der Nacht hatte Claire die Rückkehr von Becky bemerkt, die aber schnell zu Jodi in ihr Doppelzimmer gehuscht war.

Nick hatte also in dieser Nacht ritterlich Claires Schicksal mit ihr geteilt und ebenfalls kein Auge zugetan. Als er jetzt, noch vor dem Frühstück, zu den Parkplätzen hinaustrat, setzte er seine Sonnenbrille auf.

Auch Claire hätte für eine Sonnenbrille viel gegeben. Ihr Schädel brummte, und er schien schier zu platzen, als Tess' aufgekratztes Lachen über die Straße klang.

Arm in Arm kam sie mit Alex aus dem Hotel. Offensichtlich hatten sie in dieser Nacht anregendere Themen gehabt als den Versuch, Äpfel mit Birnen zu kreuzen – oder Pferde mit Kühen, wie bei Nick und Claire.

Alex begleitete Tess zum Pick-up, auf dessen Ladefläche bereits Jodi und Becky saßen und auf die anderen warteten.

»Ich rufe dich an!« Nach diesen Worten gab Alex Tess einen Kuss und ging zu Nick hinüber, der bereits mit Terry in den Wagen stieg.

»Sie haben also nur ein paar Fragen? Gut, eine Viertelstunde, dann bin ich wieder weg«, erklang in diesem Moment Brians Stimme.

Die Frauen wandten ihre Köpfe und sahen Brian und Constable Cook, die Schulter an Schulter über den Parkplatz gingen, in Richtung Polizeiwache.

»Es könnte durchaus etwas länger dauern, Brian«, antwortete der Cop. »Ich möchte mich da nicht festlegen.«

Erst jetzt sah man die Handschellen, die die Handgelenke des Wirts und des Polizisten miteinander verbanden.

Während die Männer an ihnen vorüberschritten, warf Brian Becky einen hasserfüllten Blick zu.

»Becky«, flüsterte Tess erfreut. »Du hast es geschafft? Du hast es wirklich geschafft?«

Becky nickte. »Zusammen mit Kimmy«, sagte sie dann. »Ich habe sie aus dem Bett geholt und mit zur Wache genommen.«

»Na also!« Claire entfuhr ein Seufzer der Erleichterung. »Dann hat es sich ja doch noch gelohnt. Das Übernachten, meine ich«, fügte sie mit einem Blick auf ihre Schwester hinzu.

Tess wandte sich verschämt ab. »Los gehts!«, rief sie den Mädchen auf der Ladefläche zu. »Alles einsteigen!«

Tess war auf dieser Rückfahrt nach Drover's Run so aufgekratzt und guter Laune wie schon lange nicht mehr. Die morgendliche Landschaft erschien ihr in den leuchtendsten Farben, und insgeheim musste sie über sich selbst kichern. Gab es etwas Klischeehafteres, als nach einem so genannten Frauenabend mit einem Mann ins Bett zu gehen? Sie kam sich vor wie in einem schlechten Roman. Die Nacht mit Alex wollte sie aber trotzdem auf keinen Fall missen.

Dass es ihnen darüber hinaus noch gelungen war, Brian zu stellen, krönte diesen Abend natürlich zusätzlich. Zwar konnte die Anzeige von Becky und Kimmy nicht die schrecklichen Erinnerungen der Mädchen auslöschen, aber zumindest verschaffte sie ihnen eine gewisse Genugtuung.

Obwohl Claire offensichtlich nicht in Höchstform war, begann auf Drover's Run nach der Rückkehr aller Bewohnerinnen für alle wieder der Alltag. Noch bevor sie die Farm erreichten, teilte Claire die Arbeit ein. Wie so oft, begann auch dieser Tag für Tess damit, zusammen mit ihrer Schwester die Zäune abzureiten.

In aller Eile wechselte Tess die Kleidung. Was für einen Frauenabend passend war, war zur Farmarbeit natürlich alles andere als geeignet. Auch wenn an ihrem Rock und ihrem Pullover plötzlich allerlei schöne Erinnerungen zu hängen schienen!

Obwohl Claire sich nicht nur umzog, sondern sogar noch duschte, war sie schneller fertig als ihre Schwester. Sie stand bereits auf der Veranda, als Tess nach draußen kam.

»Entschuldige bitte. Ich kann machen, was ich will, du bist einfach immer schneller als ich«, sagte sie stürmisch.

»Kein Problem«, antwortete Claire merkwürdig einsilbig. Eine Nachwirkung des Biers, das reichlich durch ihre Kehle geflossen war? Oder gab es irgendetwas, das sie bedrückte?

»Na, dann können wir ja«, meinte Tess.

»Warte bitte. Ich habe noch eine Überraschung für dich.« Claire zog einen Briefumschlag hervor, den sie unter ihren verschränkten Armen verborgen hatte, und reichte ihn ihrer Schwester.

Tess zog überrascht die Augenbrauen in die Höhe und öffnete erwartungsvoll den Briefumschlag.

Im Inneren des Briefes befand sich ein dünnes Stück Papier: ein schmales Formular, das Claires Handschrift trug. Es war ein Scheck über eine erkleckliche Summe.

»Was ist das?«, fragte Tess verstört.

»Das ist dein Anteil am Schafverkauf«, antwortete ihre Schwester.

»Aber wieso? Ich habe doch gesagt, bis der Kredit abbezahlt ist, bleibt alles im Betrieb.«

»Und was ist mit deinem Café?«, unterbrach Claire sie. »Ich denke, das ist dein Traum. Und das hier«, sie deutete mit einem Kopfnicken auf den Scheck, »ist die Anzahlung. Ich will dich nicht länger zurückhalten.«

Wortlos drehte Claire sich um und ging davon, während Tess ihr ungläubig hinterhersah.

McLEODS
TÖCHTER

Claire und Tess gehen ihren Weg

McLeods Töchter
Herzen in Aufruhr
ISBN 3-8025-3543-X

Egmont vgs verlagsgesellschaft, Köln
www.vgs.de

McLeods
Töchter

Neues von Drover's Run

McLeods Töchter
Trügerische Gefühle
ISBN 3-8025-3526-X